HEYNE <

Das Buch

Als ihre Mutter eines Abends mit einem seltsamen Jungen vor der Tür auftaucht, ist Elli ziemlich verwirrt: Der Junge ist rechthaberisch, nörgelig – und sieht ihrem Großvater unglaublich ähnlich! Tatsächlich: Großvater Melvin, ein leidenschaftlicher Wissenschaftler, hat das Geheimnis der Unsterblichkeit gelüftet. Jetzt steckt er im Körper eines Dreizehnjährigen, wird bei ihnen wohnen und mit Ellie zur Schule gehen. Nach dem ersten Schreck ist Ellie ziemlich begeistert! Denn es warten ganz neue Abenteuer auf sie. Abenteuer, in denen eine exotische Qualle, der 14. Goldfisch, schimmliger Käse sowie ein nächtlicher Einbruch eine wichtige Rolle spielen…

Die Autorin

Nach dem Studium und Jobs beim Fernsehen erkannte Jennifer Holm bald, dass das Schreiben ihre wahre Berufung ist. Sie hat schon zahlreiche sehr beliebte Kinder- und Jugendbücher veröffentlicht, und wurde bereits drei Mal mit dem *Newbery Honors Award*, dem angesehensten Kinderbuchpreis in Amerika, ausgezeichnet. Die Autorin lebt mit ihrem Mann und zwei Kindern in Kalifornien.

Jennifer L. Holm

Der vierzehnte Goldfisch

Aus dem Amerikanischen
von Beate Brammertz

heyne>fliegt

Die Originalausgabe erscheint unter dem Titel *The Fourteenth Goldfish*
bei Random House Children's Books, New York

MIX
Papier aus verantwortungsvollen Quellen
FSC® C014496

Verlagsgruppe Random House FSC® N001967
Das für dieses Buch verwendete FSC®-zertifizierte Papier
Super Snowbright liefert Hellefoss AS, Hokksund, Norwegen.

Redaktion: Anja Freckmann
Umschlaggestaltung: Eisele Grafik · Design, München,
unter Verwendung eines Motivs von © Tad Carpenter
Satz: Uhl+Massopust, Aalen
Druck und Bindung: GGP Media GmbH, Pößneck

Printed in Germany

ISBN: 978-3-453-27022-0

www.heyne-fliegt.de

Für Jonathan, Will & Millie –
meine verrückten Wissenschaftler

Man kann einen Menschen nichts lehren,
man kann ihm nur helfen,
es in sich selbst zu entdecken.

– GALILEO GALILEI –

1

Goldie

Im Kindergarten hatte ich eine Erzieherin mit dem Namen Starlily. Sie trug knallbunte, gebatikte Kleider und brachte immer Kekse aus Haferflocken und Leinsamen mit, die nach rein gar nichts schmeckten.

Bei Starlily haben wir gelernt, während der Brotzeit still zu sitzen, in unsere Ellbogen zu niesen und keine Knete zu essen (was die meisten Kinder jedoch als bloße Empfehlung betrachteten). Dann, eines Tages, schenkte sie uns allen einen Goldfisch. Sie hatte die Fische in einer Tierhandlung gekauft, jeweils zehn Stück für einen Dollar, und hielt unseren Eltern einen Vortrag, bevor sie uns nach Hause entließ.

»Der Goldfisch wird Ihren Kindern den Lauf des Lebens näherbringen«, erklärte sie. »Goldfische leben nicht sehr lange.«

Ich nahm meinen Goldfisch mit nach Hause und nannte ihn Goldie, so wie jedes andere Kind auf der Welt, das sich für außergewöhnlich originell hält.

Aber wie sich herausstellte, *war* Goldie tatsächlich auf seine Art außergewöhnlich.

Denn Goldie starb nicht.

Selbst als die Fische aller anderen Kindergartenkinder bereits ihre letzte Reise in das große Goldfischglas im Himmel angetreten hatten, war Goldie noch am Leben. War immer noch am Leben, als ich in die Vorschule kam. War immer noch am Leben in der ersten Klasse. War immer noch am Leben in der zweiten und dritten und vierten Klasse. Und dann, letztes Jahr in der Fünften, kam ich eines Morgens in die Küche und sah, dass mein Fisch mit dem Bauch nach oben im Goldfischglas trieb.

Meine Mom stöhnte, als ich ihr von Goldies Tod erzählte.

»Der hat nicht sehr lange gelebt«, sagte sie.

»Wieso?«, fragte ich. »Er hat sieben Jahre gelebt!«

Sie lächelte mich nachsichtig an. »Ellie, das war nicht der Goldie aus dem Kindergarten. Der hat nur zwei Wochen überlebt. Als er starb, habe ich einen neuen Fisch gekauft und ihn ins Goldfischglas getan. Im Laufe der Jahre waren es *etliche* Fische.«

»Der wievielte war der hier?«

»Pechvogel Nummer dreizehn«, sagte sie und verzog das Gesicht.

»Es waren alles Pechvögel«, stellte ich fest.

Wir bestatteten Goldie Nummer dreizehn in der Toilette, und ich fragte meine Mom, ob ich einen Hund bekommen könnte.

2

Puzzles

Wir wohnen in einem Haus, das einer Schuhschachtel gleicht. Es gibt zwei Schlafzimmer und ein Bad mit einer Toilette, die ständig verstopft ist. Insgeheim glaube ich, dass dort all die Fische herumspuken, die meine Mom hinuntergespült hat.

Unser Garten ist winzig – genau genommen besteht er nur aus ein paar Betonplatten, auf die gerade einmal ein Tisch mit Stühlen passt. Aus diesem Grund erlaubt mir meine Mom keinen Hund. Sie sagt, es wäre nicht fair, weil ein Hund einen richtigen Garten braucht, in dem er herumlaufen kann.

Meine Babysitterin Nicole spaziert in die Küche, wo ich gerade an einem Puzzle arbeite. Ich habe mich auf dem ganzen Tisch ausgebreitet.

»An dem Puzzle sitzt du jetzt schon seit einer Ewigkeit, Ellie«, sagt sie. »Wie viele Teile sind es?«

»Eintausend«, sage ich.

Es ist ein Bild von New York City – eine Straße mit

gelben Taxis. Ich liebe Puzzles. Mir gefällt es herauszufinden, wie die Dinge zusammenpassen. Wie die Rundungen der Teile sich ineinanderfügen. Oder der perfekte Winkel eines Eckteils.

»Eines Tages werde ich am Broadway spielen«, verkündet sie.

Nicole hat lange, weiche Haare und würde perfekt in eine Shampoo-Werbung passen. Sie war die Julia in der Highschool-Aufführung von *Romeo und Julia*, bei der meine Mutter Regie geführt hat. Meine Mom ist Schauspiellehrerin an der hiesigen Highschool, und mein Dad ist Schauspieler. Sie haben sich scheiden lassen, als ich noch ganz klein war, aber sie sind weiterhin gute Freunde.

Die beiden reden andauernd auf mich ein, dass ich herausfinden muss, wofür ich brenne. Im Grunde wollen sie bloß, dass ich fürs Theater brenne. Aber das tue ich nicht. Manchmal frage ich mich, ob ich in die falsche Familie hineingeboren wurde. Wenn ich auf der Bühne stehe, werde ich schrecklich nervös (ich habe zu viele Schauspieler gesehen, die ihren Text vergessen haben), und ich bin auch kein großer Fan davon, hinter der Bühne zu arbeiten (am Ende werde ich immer dazu verdonnert, die Kostüme zu bügeln).

»Ach, ja, deine Mom hat angerufen, dass sie sich verspäten wird«, sagt Nicole. Beinahe beiläufig fügt sie hinzu: »Hat irgendwas mit deinem Großvater zu tun, den sie bei der Polizei abholen muss.«

Im ersten Moment glaube ich, mich verhört zu haben.

»Was?«, frage ich. »Geht's ihm gut?«

Sie zuckt mit den Schultern. »Das hat sie nicht gesagt. Sie hat gemeint, wir können Pizza bestellen.«

Eine Stunde später ist mein Bauch voller Pizza, aber ich bin immer noch verwirrt.

»Hat meine Mom denn gar nichts gesagt, warum Grandpa bei der Polizei ist?«, frage ich.

Nicole wirkt irritiert. »Nein. Steckt er oft in Schwierigkeiten?«

Ich schüttle den Kopf. »Keine Ahnung. Ich meine, er ist alt.«

»Wie alt ist er denn?«

Ganz sicher bin ich mir da nicht. Darüber habe ich mir eigentlich nie wirklich Gedanken gemacht. Für mich ist er schon immer einfach »alt« gewesen: faltig, grauhaarig, einen Stock in der Hand. Der typische Großvater eben.

Wir treffen ihn nur ein-, zweimal im Jahr, normalerweise in einem chinesischen Restaurant. Er bestellt ausnahmslos immer Moo Goo Gai Pan und stibitzt Päckchen mit Sojasauce, die er mit nach Hause nimmt. Ich habe mich oft gefragt, was er damit anstellt. Er wohnt nicht weit entfernt, aber er und meine Mutter verstehen sich nicht besonders gut. Er ist Wissenschaftler und sagt, Theaterspielen wäre keine richtige Arbeit. Er ist immer noch sauer, weil sie nicht wie er nach Harvard gegangen ist.

In der Ferne schrillt eine Autoalarmanlage.

»Vielleicht hatte er einen Autounfall?«, schlägt Nicole vor. »Ich kapier nicht, warum Teenager am Steuer so einen schlechten Ruf haben, wo doch alte Leute viel mieser fahren.«

»Er fährt schon lange nicht mehr Auto.«

»Vielleicht ist er weggelaufen.« Nicole tippt sich an die Schläfe. »Meine Nachbarin hat Alzheimer. Die streunt ständig in der Gegend herum. Die Polizei bringt sie immer wieder nach Hause.«

Das hört sich irgendwie an, als würde sie einen Hund beschreiben.

»Wie traurig«, sage ich.

Nicole nickt. »Total traurig. Das letzte Mal, als sie weggelaufen ist, ist sie von einem Auto angefahren worden! Wie verrückt ist das denn?«

Ich starre sie mit offenem Mund an.

»Aber ich bin sicher, dass es *deinem* Großvater gut geht«, fügt sie rasch hinzu.

Dann wirft sie ihr Haar zurück und lächelt. »Hey! Wollen wir Popcorn machen und uns einen Film anschauen?«

3

Der Ring

Warme Luft weht durch das Fenster in mein Zimmer. Wir wohnen in der Bay Area, einen Katzensprung von San Francisco entfernt, und späte Septembernächte sind oft schon kühl. Aber heute ist es heiß, als würde sich der Sommer hartnäckig weigern, dem Herbst zu weichen.

Früher fand ich mein Zimmer toll, aber in letzter Zeit bin ich mir nicht mehr so sicher. Die Wände sind mit Handabdrücken von meiner besten Freundin Brianna und mir übersät. Wir haben in der ersten Klasse damit angefangen und jedes Jahr weitere Handabdrücke hinzugefügt. Man kann sehen, wie meine kleinen Handabdrücke immer größer werden, fast wie eine Zeitkapsel meines Lebens.

Aber im vergangenen Schuljahr haben wir keine Abdrücke gemacht und auch nicht den Sommer über, denn Brianna hat entdeckt, wofür sie brennt: Volleyball. Unter der Woche ist sie jetzt jede Sekunde mit

Training beschäftigt, und am Wochenende ist sie bei Turnieren. Ehrlich gesagt bin ich nicht einmal mehr sicher, ob sie immer noch meine beste Freundin ist.

Es ist spät, als sich die Garagentür endlich knarzend öffnet. Ich höre meine Mutter im Flur mit Nicole sprechen und komme aus meinem Zimmer.

»Vielen Dank, dass du so lange geblieben bist«, sagt sie zu Nicole.

Meine Mom sieht mitgenommen aus. Ihre Wimperntusche ist verschmiert, der rote Lippenstift abgenagt. Ihre natürliche Haarfarbe ist dunkelblond, so wie meine, aber sie färbt sich die Haare. Im Moment leuchten sie lila.

»Kein Problem«, erwidert Nicole. »Geht es Ihrem Dad gut?«

Ein unergründlicher Ausdruck legt sich auf das Gesicht meiner Mom. »Oh, ihm geht's gut. Danke der Nachfrage. Soll ich dich nach Hause fahren?«

»Nein, danke!«, sagt Nicole. »Ach übrigens, Lissa, ich habe tolle Neuigkeiten!«

»Ja?«

»Ich habe einen Job im Einkaufszentrum ergattert! Ist das nicht super?«

»Ich wusste gar nicht, dass du einen suchst«, erwidert meine Mutter überrascht.

»Doch, aber ich habe ja nicht gedacht, dass ich ihn bekommen würde. Das ist eine einmalige Chance. Der Ohrpiercing-Laden im Einkaufszentrum!«

»Wann fängst du da an?«, fragt meine Mom.

»Das ist der Knackpunkt. Morgen Nachmittag schon. Deshalb kann ich nicht mehr auf Ellie aufpassen. Ich hätte Ihnen wirklich lieber früher Bescheid gegeben, aber …«

»Ich verstehe«, sagt meine Mom, und ich höre die Anspannung in ihrer Stimme.

Nicole dreht sich zu mir. »Ich habe ganz vergessen, dir davon zu erzählen. Stell dir vor, ich bekomme Rabatt! Ist das nicht toll? Komm also ruhig vorbei und kauf bei mir ein.«

»Äh, okay«, sage ich.

»Ich muss los«, sagt sie. »Gute Nacht!«

»Gute Nacht«, kommt das Echo meiner Mutter.

Vom Türrahmen aus beobachten meine Mutter und ich, wie Nicole hinaus in die Nacht marschiert.

»Hat sie etwa gerade gekündigt?«, frage ich. Ich stehe etwas unter Schock.

Meine Mutter nickt. »Der Tag wird immer besser.«

Ich starre hinaus in die Nacht, um einen letzten Blick auf meine Babysitterin zu erhaschen, und erblicke draußen einen Fremden: einen Jungen mit langen Haaren. Er steht vorne auf unserem Rasen unter der alten, absterbenden Palme. Sie verliert ständig Palmwedel, und meine Mom meint, sie muss gefällt werden.

Der Junge ist dünn, drahtig. Er sieht aus wie dreizehn, vielleicht vierzehn. Bei Jungs ist das manchmal schwer zu schätzen.

»Du musst die Mülltonne rausstellen«, ruft der Junge meiner Mutter zu. Morgen kommt die Müllabfuhr, und die Mülltonnen unserer Nachbarn säumen bereits die Straße.

»Könntest du jetzt endlich reinkommen?«, sagt meine Mom zu dem Jungen.

»Wann hast du eigentlich zum letzten Mal den Rasen gedüngt?«, fragt er. »Da wächst ja überall Unkraut.«

»Es ist spät«, sagt meine Mom und hält die Tür ungeduldig auf.

Ich frage mich verwundert, ob der Junge wohl ein Schüler meiner Mom ist. Manchmal helfen sie ihr, Zeug in ihren großen, zerbeulten Transporter ein- oder auszuladen.

»Du musst dein Haus besser pflegen, sonst verliert es an Wert«, sagt er.

»Jetzt sofort!«

Widerwillig hebt der Junge seine Reisetasche auf und betritt unser Haus.

Er wirkt nicht wie das typische Mitglied einer Theatergruppe. Normalerweise tragen die Jeans und T-Shirts, Zeug, in dem man gut arbeiten kann. Dieser Junge trägt ein zerknittertes Nadelstreifenhemd, eine kakifarbene Polyesterhose, eine Tweedjacke mit Lederflicken an den Ellbogen und Halbschuhe aus Leder. Doch es sind seine Socken, die am meisten herausstechen: hochwertige schwarze Herrenstrümpfe. In der Middle School sieht man nicht viele

Jungen mit solchen Strümpfen. Auf mich macht er den Eindruck, als wäre er auf dem Weg zu einer Bar Mitzwa.

Er starrt mich durchdringend an.

»Gehörst du zu den Jahrgangsbesten?«

Ich bin völlig verdattert, antworte aber trotzdem. »Äh, wir haben noch keine Zeugnisse bekommen.«

Irgendetwas an dem Jungen kommt mir vage bekannt vor. Seine Haare sind dunkelbraun, etwas zerzaust, und die Spitzen sind grau gefärbt. Vielleicht doch ein Schauspieler aus einem Stück meiner Mom?

»Wer bist du?«, will ich wissen.

Er ignoriert meine Frage.

»Du brauchst gute Noten, um promovieren zu können.«

»Promovieren? Sie ist elf Jahre alt!«, ruft meine Mutter.

»Man kann nie früh genug anfangen«, sagt er, während er meine Mutter von oben bis unten abschätzig mustert. »Und wo wir gerade davon sprechen: Gehst du etwa in diesem Aufzug zur Arbeit?«

Meine Mom liebt es, den Kleiderfundus der Theatergruppe in ihrer Highschool zu plündern. Heute Morgen hat sie das Haus in einem bodenlangen schwarzen Satinrock und einem passenden Bolerojäckchen samt weißer Rüschenbluse verlassen.

»Vielleicht könntest du dir einen hübschen Hosenanzug zulegen«, schlägt er vor.

»Wie ich sehe, lebst du immer noch in der Steinzeit«, kontert sie.

Dann dreht er sich zu mir und nimmt meinen Tanktop-und-Boxershorts-Pyjama in Augenschein.

»Warum ist dein Pyjama so kurz?«, fragt er. »Was ist aus Nachthemden geworden? Bist du genauso verrückt nach Jungs, wie deine Mutter es war?«

»Alle Mädchen in ihrem Alter tragen solche Pyjamas«, antwortet meine Mom für mich. »Und ich war nicht verrückt nach Jungs.«

»Du musst verrückt nach Jungs gewesen sein, sonst wärst du nicht einfach durchgebrannt«, sagt er.

»Ich war verliebt«, zischt sie durch zusammengepresste Zähne.

»Ein Doktortitel hält länger als die Liebe«, erwidert er. »Es ist nicht zu spät, um zurück an die Uni zu gehen. Du könntest immer noch einen ordentlichen Studienabschluss machen.«

Etwas an diesem Wortwechsel kitzelt Erinnerungen in mir wach. Es kommt mir vor, als würde ich einen Film anschauen, den ich schon einmal gesehen habe. Ich mustere den Jungen – die grauen Haarspitzen, die Art, wie er so selbstverständlich in unserem Gang steht, seine rechte Hand, die sich öffnet und schließt, als würde er gewohnheitsmäßig nach etwas greifen. Doch es ist der schwere Goldring, der locker an seinem Mittelfinger steckt, der meine Aufmerksamkeit erregt. Es ist ein Siegelring von der Sorte, wie man sie im College bekommt, und er sieht alt und abgenutzt aus und hat in der Mitte einen roten Edelstein.

»Den Ring habe ich schon mal gesehen«, sage ich und dann erinnere ich mich, an wessen Hand das war.

Ich blicke den Jungen an.

»Großvater?«, platzt es aus mir heraus.

4

Der Zauberer

»Wen hast du erwartet?«, fragt er. »Die Zahnfee?«

Er wirkt wie ein dreizehnjähriger Junge, aber wenn ich ihn mir genau ansehe, kann ich in ihm meinen Großvater erahnen. Die wässrigen blauen Augen. Der leicht höhnische Schwung seines Mundes. Brauen, die in der Mitte zusammenwachsen.

»Ist das so was wie Zauberei?«, frage ich.

Der Junge schürzt die Lippen und wirft meiner Mutter einen abschätzigen Blick zu. »Du erziehst *meine* Enkelin also dahingehend, dass sie an Zauberei glaubt? Das passiert, wenn man Theater als Hauptfach belegt.«

Er spricht das Wort »Theater« aus, als wäre es ein Schimpfwort.

»Und wenn schon«, sagt meine Mom und klingt wie ein gelangweilter Teenager.

»Das ist schlicht und einfach Wissenschaft«, sagt er in meine Richtung.

Aber ich erkenne nicht, was daran einfach sein sollte, und schüttle den Kopf.

Er stößt einen entnervten Seufzer aus. »Das ist doch völlig offensichtlich. Es ist mir gelungen, die Seneszenz durch zelluläre Regeneration umzukehren.«

Ich starre ihn an.

»Um es allgemeinverständlich auszudrücken: Ich habe ein Gegenmittel gegen das Altern entdeckt.« Seine Stimme zittert vor Aufregung. »Im Grunde habe ich den Schlüssel zur ewigen Jugend gefunden!«

Ich weiß nicht, was ich glauben soll. Einerseits klingt er haargenau wie mein Großvater. Am liebsten würde ich einfach in seinen Jackentaschen nachschauen, ob er dort zufällig Sojasaucenbeutel versteckt hat. Andererseits ist das Ganze so unglaublich, dass ich mich verdattert frage, ob er nicht bloß irgendein durchgeknallter Spinner ist, der den Ring meines Großvaters gestohlen hat und nun meine Mutter hinters Licht führen will. Sie hat eine Schwäche für Kinder mit traurigen Geschichten.

»Bist du sicher, dass das Großvater ist?«, frage ich sie.

Sie verdreht die Augen. »Ja, kein Zweifel.«

»Natürlich bin ich es!«, entrüstet sich der Junge. Er zückt eine abgenutzte Altherrenbrieftasche und zeigt mir seinen Führerschein. Das mürrische Gesicht meines Großvaters starrt mich von dem Bild an, und der Ausdruck in seinen Augen ist derselbe wie der im Gesicht des Jungen.

»Das ist so cool«, flüstere ich.

»Cool? Das ist bahnbrechend! Man wird mir den Nobelpreis verleihen!« Seine Stimme wird lauter. »Jedes Kind wird wissen, wer Melvin Herbert Sagarsky ist.«

Meine Mutter gähnt. Sie ist offensichtlich wenig beeindruckt. Oder vielleicht einfach nur müde. Es ist ziemlich spät.

»Ich gehe ins Bett. Warum versuchst du nicht, deine *Enkelin* etwas besser kennenzulernen?« Sie wirft meinem Großvater einen durchdringenden Blick zu. »Und stell keine komischen Dinge in den Kühlschrank.«

Meine Mom hat mir schon oft Geschichten aus ihrer Kindheit erzählt, als mein Großvater Experimente im Kühlschrank aufbewahrte. Immer wieder lagen Petrischalen neben dem Hüttenkäse und der Butter.

Im nächsten Moment sind wir allein in der Küche. Der Magen meines Großvaters knurrt laut.

»Gibt es hier etwas zu essen?«, erkundigt er sich. »Ich bin am Verhungern.«

»Wir haben Pizza«, sage ich.

Er stellt sich an die Küchenzeile und verschlingt gierig den Rest der Pizza.

»Die Laboranten ernähren sich praktisch ausschließlich von diesem Zeug, wenn Experimente über Nacht durchgeführt werden müssen«, erklärt er.

Dann geht er zum Kühlschrank, nimmt die Milch heraus und gießt sich ein großes Glas ein. Er trinkt es in einem Zug aus und schenkt sich ein weiteres nach.

Dann wedelt er mit dem Milchkarton vor mir herum und rülpst. »Pass auf, dass du genug Kalzium bekommst. Das Gerede über Knochendichte ist leider nur zu wahr. In den letzten zehn Jahren meines Lebens bin ich fünf Zentimeter geschrumpft.«

»Du bist geschrumpft?«

»Das gehört zu den Gefahren des Alters«, sagt er.

»Zumindest hast du deine Haare zurückbekommen«, erwidere ich.

»Ich habe mehr als nur meine Haare zurückbekommen!« Seine Augen glitzern. »Meine Sehkraft beträgt hundert Prozent, ich höre perfekt, und meine Arthritis ist verschwunden!« Er wackelt mit den Fingern.

»Warum wurdest du eigentlich von der Polizei aufgegriffen?«, frage ich.

»Weil ich angeblich ein Grundstück widerrechtlich betreten habe«, sagt er. »Aber ich bin mit einer Verwarnung davongekommen.«

»Welches Grundstück?«

»Mein Labor!« Seine Stimme bebt vor Entrüstung. »Ich habe es praktisch allein aufgebaut! Sie verdanken mir neunzehn Patente. Man möchte glauben, dass sie mich mit ein bisschen mehr Respekt behandeln würden.«

Ich nicke, obwohl ich nicht den blassesten Schimmer habe, was ein Patent ist.

»Seit die Firma diese Investoren ins Boot geholt hat, die sich in alles einmischen, ist alles anders. Es dreht sich nur noch um Gewinnmaximierung und Risikominimierung. Sie haben keinerlei Respekt vor der Wissenschaft.«

Dann gähnt er. Mit einem Schlag scheint seine ganze Energie verflogen zu sein, als ob jemand einen Schalter umgelegt hätte, und seine Schultern sacken nach unten. Das Trugbild bröckelt, und mit einem Mal sieht er wie jeder andere müde dreizehnjährige Junge aus, der dringend einen neuen Haarschnitt braucht.

»Wo schlafe ich?«, fragt er.

5

Die Qualle

Ich bin immer die Erste, die morgens aufsteht, da ich gerne das Frühstück zubereite. Meine Mutter hasst es zu kochen und scherzt regelmäßig, dass sie sich nicht sicher ist, ob ich wirklich ihre Tochter bin. Aber ich fühle mich wohl in der Küche. Alles dort hat seine Ordnung, und es macht Spaß, mit den Zutaten zu experimentieren.

In letzter Zeit mache ich Verrückte-Mischmasch-Pfannkuchen. Dafür nehme ich den Grundteig für Pfannkuchen her und gebe verschiedene Zutaten hinzu. Bislang habe ich eine S'mores-Variante (Schokolade, Marshmallows, zerkrümelte Kräcker), eine Bananensplit-Variante (Bananen, Schokostückchen, Maraschinokirschen) und eine Piña-Colada-Variante (Ananas, Kokosnuss) hergestellt.

Heute Morgen wähle ich eines meiner bewährten Standardrezepte – Erdnussbutterkeks-Pfannkuchen. Ich nehme dafür Erdnussbutterkeksstückchen und

Schokoladensplitter. Gerade stapele ich die Pfannkuchen auf einen Teller, als mein Großvater in die Küche kommt. Er trägt die Sorte Altherrenpyjama aus Flanell, die man bis oben zuknöpfen kann, und seine Haare hat er mit einem meiner Haargummis zurückgebunden. Er muss ihn im Bad gefunden haben.

»Etwas stimmt nicht mit der Toilette«, erklärt er. »Ich musste die Saugglocke benutzen.«

»Das passiert ständig«, sage ich. »Willst du einen Pfannkuchen?«

»Danke«, entgegnet er und schnappt sich einen Teller.

Er schaufelt seine Portion in sich hinein und nimmt sich gleich eine zweite. Jungen im Teenageralter können anscheinend eine Menge verdrücken.

Seine Frisur erinnert mich an meine. Nach dem Aufstehen habe ich auch immer einen Wuschelkopf. Meine Haare kräuseln sich dann wie verrückt und sind nicht zu bändigen, was ich schon immer gehasst habe. Ob ich das wohl von ihm geerbt habe?

»Ich habe ein gutes Haarspray gegen abstehende Haare«, sage ich ihm.

Er winkt mit seinem Löffel in meine Richtung. »Es gibt wichtigere Dinge als meine Haare, über die ich mir den Kopf zerbreche. Ich muss meinen *T. melvinus* aus dem Labor holen. Mit seiner Hilfe habe ich den Schlüssel gefunden, um die Seneszenz umzukehren.«

»Was ist Seneszenz?« Es hört sich wie eine schreckliche Krankheit an.

»Seneszenz ist ein anderes Wort für den Alterungsprozess.«

Ich hatte also irgendwie recht. »Und was ist *T. melvinus*?«

»Das steht für *Turritopsis melvinus*. Es ist eine besondere Quallenart.«

»Eine Qualle ist dafür verantwortlich? Soll das ein Witz sein?«

Er hebt eine Augenbraue. »Warum ist das so schwer zu glauben? In der Natur hat es schon immer Lebewesen gegeben, die sich von sich aus erneuern können.«

»Wirklich?«

Mein Großvater beugt sich mit konzentriertem Gesichtsausdruck zu mir vor. »Sieh dir nur Plattwürmer an. Man kann sie durchschneiden, und aus jedem Teil wächst ein neuer Wurm. Die Hydra, ein Süßwassergeschöpf, kann Körperteile nachbilden, und Seeanemonen scheinen *überhaupt keinen* Alterungsprozess zu erfahren.«

Von all dem habe ich noch nie etwas gehört.

»Außerdem gibt es die *Turritopsis nutricula.*« In seiner Stimme klingt Bewunderung mit. »*T. nutricula* ist eine Qualle, die ihren Körper in ihr Polypenstadium zurückverwandeln kann. *In ihr jüngeres Ich*!«

Das ist so interessant. *Er* ist so interessant. Ich habe das Gefühl, als hätte ich ihm früher nie richtig zugehört. Und vielleicht habe ich das auch nicht. Wenn wir zu dritt zusammen waren, haben er und meine Mom sich meistens gestritten.

»Woher weißt du so viel darüber?«, frage ich ihn.

»Weil ich seit vierzig Jahren auf diesem Gebiet forsche. Es ist sozusagen mein kleines Nebenprojekt. Ich habe übrigens schon Artikel zu diesem Thema veröffentlicht.«

Allmählich beschleicht mich der Gedanke, dass ich ihn überhaupt nicht gekannt habe. Nicht wirklich. Es kommt mir vor, als hätte er die Rolle des Großvaters nur gespielt, wie in einem Theaterstück. Dabei steckt unter der dicken Schicht Make-up in Wirklichkeit viel mehr, ein richtiger Mensch.

»Vor ein paar Monaten hat mich ein australischer Taucher von den Philippinen kontaktiert, weil er im Internet von meinen Forschungsarbeiten über Quallen gelesen hat. Er glaubte, ein ungewöhnliches Exemplar der *T. nutricula* gefunden zu haben. Ich habe ihn gebeten, es mir zu schicken. Normalerweise ist die *T. nutricula* klein, ein paar Millimeter. So groß wie der Nagel eines kleinen Fingers.« Er streckt seinen kleinen Finger in die Luft. »Aber das Exemplar der *T. nutricula*, das er mir geschickt hat, ist riesig, mehr als zehn Zoll.«

»Bei der Umrechnung von Zoll in Zentimeter komme ich immer etwas durcheinander«, gestehe ich.

»Der Durchmesser der Qualle betrug dreißig Zentimeter«, erklärt er. »Und es gab weitere Anomalien. Ich wusste, dass es sich um eine neue Art handelt. Ich habe ihr sogar einen Namen gegeben: *Turritopsis melvinus.*«

»Sollte sie nicht nach dem Typen benannt werden, der sie gefunden hat?«, frage ich.

Er schnaubt verächtlich. »Er hat nichts weiter getan, als sie zu fangen. Ich habe sie *identifiziert.* Ich habe die ganze Arbeit geleistet. Ich habe die Lösung hergestellt. Und ich habe sie an den Mäusen getestet.«

»Du hast Experimente an Mäusen durchgeführt?« Das ist ja noch viel schlimmer, als Goldfische die Toilette hinunterzuspülen.

»Erwachsene Mäuse«, verdeutlicht er. »Ein paar Tage, nachdem ich ihnen die Lösung injiziert hatte, nahmen sie wieder ihre jugendliche Gestalt an.«

»Sie wurden zu Teenagern?« Ich versuche, mir Mäuse mit Pickeln und langen Haaren vorzustellen.

»Ganz genau!«, ruft er. »Und so habe ich mir die Lösung selbst gespritzt, und der Rest ist Geschichte! Ich wollte gerade die Überreste des *T. melvinus* aus dem Labor schmuggeln, als dieser Möchtegern-Polizist auftauchte.«

Ich denke einen Moment nach.

»Könntest du nicht einfach deine alten Chefs anrufen und ihnen erzählen, was passiert ist? Ich meine, das ist doch irgendwie ein echter Durchbruch, oder? Ich wette, die würden ausflippen.«

»Sie wissen nicht einmal, dass die Qualle dort ist.« Sein Blick wird hart. »Außerdem würden sie die ganzen Lorbeeren für sich einheimsen. Aber das ist *meine* Entdeckung.«

»Guten Morgen, ihr zwei!«, zwitschert meine Mom. Heute trägt sie eines ihre Standardoutfits – ein neonlila Kleid, das ihr bis knapp über die Knie reicht, und schwarze hohe Stiefel.

Bei ihrem Anblick keucht mein Großvater auf.

»Melissa! In diesem Aufzug kannst du unmöglich zur Arbeit gehen!«

»Was stört dich daran?«, fragt meine Mom.

»Ich kann deine Oberschenkel sehen!«

Sie wischt seine Bedenken mit einer Handbewegung weg und beginnt, ihre Taschen zusammenzusammeln. »Los jetzt, sonst kommen wir zu spät.«

»Zu spät wofür?«, fragt er.

»Zur Schule, natürlich.«

»Schule?«, stammelt er. »Ich war schon in der Schule. Ich habe zwei Doktortitel, für den Fall, dass du das vergessen hast.«

»Pech gehabt. Du gehst trotzdem. Ich habe schon Bernadette angerufen.« Bernadette ist die Sekretärin der Middle School und eine gute Freundin meiner Mutter.

»Was hast du ihr erzählt?«, frage ich.

Sie nickt mit dem Kopf in Richtung meines Großvaters. »Dass Melvin hier der Sohn eines entfernten Cousins ist. Sein Dad ist gestorben, und seine Mom hat einen Drogensüchtigen geheiratet. Melvin versteht sich nicht mit seinem Stiefvater und verdächtig ihn insgeheim, das Feuer in dem Wohnwagen gelegt zu haben, in dem sein richtiger Dad ums Leben kam. Und deshalb ist Melvin per Anhalter hergefahren, und ich habe ihn bei mir aufgenommen.«

»Das ist richtig gut«, lobe ich sie.

»Dein Dad wird sich freuen, das zu hören«, sagt sie. »Die Geschichte stammt aus einem Stück, das er im College geschrieben hat – *Hamlet in Fresno*. Ich habe damals Regie geführt.«

Mein Großvater unterbricht sie.

»Warum kann ich nicht einfach hier zu Hause bleiben? Ich bin durchaus in der Lage, auf mich selbst aufzupassen!« Er hört sich wie jeder x-beliebige Teenager auf der Welt an.

»Hast du vergessen, dass die Polizei dich in meine Obhut entlassen hat? Ich arbeite mit Kindern. Ich bin Lehrerin. Ich kann keinen dreizehnjährigen Schulschwänzer in meinem Haus gebrauchen. Wenn dich jemand sieht, verliere ich meinen Job.«

Ein Moment des Schweigens folgt, während mein Großvater auf den Boden starrt.

»Na schön, ich gehe«, murmelt er.

»Großartig.« Dann fügt sie hinzu: »Und übrigens, du bist Ellies neuer Babysitter.«

6
Corn Dog

Am Ende der fünften Klasse gab es eine offizielle Abschlussfeier. Wir Schüler haben uns herausgeputzt, und unsere Eltern sind gekommen, um Fotos zu machen. Wir haben sogar ein Diplom mit einer Schleife bekommen.

Anschließend sind mein Dad, meine Mom, ihr Freund Ben und ich zum Essen zu meinem Lieblingsmexikaner gegangen, einem etwas schäbigen Restaurant, wo man Pommes gratis nachbekommt.

»Sei mir nicht böse, Ellie«, sagte Ben, während wir auf unser Essen warteten. »Aber ich finde es fast ein bisschen übertrieben, am Ende der Grundschule eine Abschlussfeier abzuhalten.«

Ben sagt nicht viel, aber wenn er den Mund aufmacht, kommt immer was Interessantes dabei heraus.

»Ich finde es schön, dass man die Leistungen der Kinder feiert«, entgegnete meine Mutter.

Ben gluckste. »Die Grundschule zu schaffen, ist ja wohl noch keine besondere Leistung. Die Middle School ist da schon etwas ganz anderes.«

Mein Vater verzog das Gesicht. »Man sollte eine Medaille verliehen bekommen, wenn man sie überlebt.«

Damals habe ich nicht so recht verstanden, was mein Vater damit meinte. Heute weiß ich es. Die Middle School ist wie eine dieser Autobahn-Toiletten mitten im Nirgendwo. Es ist schmutzig und stinkt, und lauter sonderbare Menschen tummeln sich dort. In der Grundschule kannte ich am Ende jedes einzelne Kind. Ich hatte zugesehen, wie meine Mitschüler heranwuchsen, und sie hatten mir dabei zugesehen. Wir wussten, wer im Kindergarten in die Hose gepinkelt, und wessen Vater die Trainer bei unseren Tee-Ball-Spielen zu laut angeschrien hatte. Wir hatten keine Geheimnisse voreinander, und ich fühlte mich wohl. Aber in der Middle School gibt es so viele neue Kinder. Manche wirken, als kämen sie von einem anderen Planeten.

Wie der Gothic-Junge. Er trägt immer Schwarz – Hose, T-Shirt, dicke Jacke, klobige Doc Martens. Sein Ohr, seine Augenbraue und Nase sind gepierct; am Flughafen löst er bestimmt sofort Alarm bei den Metalldetektoren aus. Dann gibt es die beiden Mädchen, die sich wie Zwillinge kleiden, obwohl sie offensichtlich keine sind. Sie ziehen immer haargenau dieselben Sachen an, bis hin zu den Socken.

Und das geht so weit – ich habe sie im Gang reden gehört – , dass der eine angebliche Zwilling den Satz beginnt und der andere ihn beendet.

Ich reihe mich in der Schlange fürs Mittagessen ein und blicke mich nach einem Sitzplatz im Mittagshof um. Wir haben keine Cafeteria. Wir essen draußen, wo die Möwen über unseren Köpfen kreisen. Früher kamen sie angeblich häufig aus der Luft herabgeschossen, um sich Pommes von den Tabletts zu schnappen.

Neben dem Mädchen, das meine Laborpartnerin ist, ist ein Platz frei. Sie heißt Momo und war auf einer anderen Grundschule. Doch dann erspähe ich Brianna. Sie sitzt inmitten einer Gruppe Mädchen vom Volleyballteam. Der Stuhl ihr gegenüber ist frei, weshalb ich mich mit meinem Mittagessen – ein Corn Dog und Country Potatoes mit Orangenscheiben – zu ihr geselle.

»Du hast dir die Haare geschnitten?«, frage ich überrascht.

Briannas Haare waren immer genauso lang wie meine. Wir haben uns gleichzeitig einen Pony schneiden lassen, in der dritten Klasse. Wir haben sogar unser Geld zusammengelegt, um uns coole Spangen mit Glitzerschleifen und neonfarbenen Federn und bunte Haargummis zu kaufen, die wir dann immer austauschten.

Doch die wird sie jetzt nicht mehr brauchen. Ihre Haare sind kurz geschoren, ein präzise geschnittener

Bob. Mir würde diese schicke Frisur nicht stehen – meine Haare sind viel zu struppig und zerzaust.

»Das ist praktischer beim Volleyball«, erklärt sie.

Sie sieht hübsch aus, aber sie sieht nicht mehr wie Brianna aus.

Ich zeige auf mein Mittagessen. »Sieh mal! Ein knuspriges Corn Dog!«

Sie kichert.

Das ist ein Insiderwitz. Wir beide lieben Corn Dogs – diesen herrlich fettigen Imbiss, der aus einem frittierten Würstchen in einer Maisteighülle besteht. Wir haben uns sogar eine Werbung für Corn Dogs ausgedacht.

Ich sage meinen Teil auf: »Mit einem Corn Dog kannst du alles machen. Mit ihm kannst du sägen. Und prägen.«

Brianna stimmt ein: »Ein Corn Dog lässt sich wie eine Decke zusammenfalten. Du kannst ein Nickerchen darauf machen!«

Wir werden immer alberner.

»Er kann Aufsätze schreiben!«

»Er lässt Hunde miauen!«

Wir lachen, und es fühlt sich fast wie in alten Zeiten an.

Ich halte ihr meinen Corn Dog hin.

»Willst du die Hälfte?«

Sie zögert und schüttelt dann leicht ihren Bob. »Der Coach liegt uns ständig in den Ohren, dass wir uns gesund ernähren sollen.«

»Möchtest du am Samstag bei mir übernachten?«, frage ich sie.

Die Frage scheint ihr unangenehm zu sein. »Da haben wir ein Spiel.«

»Natürlich«, sage ich.

Unser Wortwechsel erinnert mich an mein Erlebnis, als wir im Sommercamp fischen waren. Ich habe einfach nichts gefangen, egal wie oft ich die Angelschnur mit dem Wurm ins Wasser geworfen habe.

Ich lausche ihrem Gespräch über Volleyball. Der Coach scheint streng zu sein, ein Mädchen namens Serena muss an ihrem Aufschlag arbeiten, und das Hotel, in dem sie am Wochenende wohnen, hat einen Swimmingpool.

Eines der Mädchen steht abrupt mit ihrem Tablett auf und sagt: »Wir wollen doch nicht zu spät kommen.«

»Zu spät wofür?«, frage ich Brianna.

»Wir haben ein Teamtreffen wegen der Wohltätigkeitsveranstaltung«, erklärt sie. »Kuchenverkauf.«

»Tschüss«, sage ich, aber sie ist längst fort.

Ich starre auf meinen Corn Dog und frage mich verwundert, ob ich der dumme Wurm bin.

Da knallt ein Tablett auf meinen Tisch.

»Kannst du dir das vorstellen?«, fragt mein Großvater.

Er trägt eine marineblaue Polyesterhose, ein bis zum Hals zugeknöpftes Hemd samt Krawatte, einen Pullover mit V-Ausschnitt und eine Tweedjacke. Kleidungstechnisch hebt er sich gewaltig von der Masse ab.

»Drei Dollar für ein Schulessen?«, sagt er. »Das ist ein Schnäppchen!«

Er schlingt seinen Corn Dog mit ein paar Bissen hinunter und schielt dann zu meiner nicht angerührten Portion.

»Wirst du das noch essen?«, fragt er.

»Corn Dog: Er macht dich wieder jung«, scherze ich.

»Wovon redest du?«

Seufzend schiebe ich ihm mein Tablett hin.

7

Unsere kleine Stadt

Der öffentliche Bus nach der Schule ist gerammelt voll, und jemand hat zu viel Knoblauch gegessen. Mein Großvater meckert die ganze Fahrt über bis nach Hause.

Er ist kein Fan der Middle School. Ihm zufolge ist sie langweilig und eine Zeitverschwendung, insbesondere der Sportunterricht. Aber am allermeisten bringen ihn die Schulbücher auf die Palme. Er fuchtelte mir mit seinem Naturwissenschaftsbuch unter der Nase herum.

»Kannst du das glauben? Kein einziges Wort! Nicht einmal eine Fußnote! Einfach unter den Teppich gekehrt!«

»Was?«, frage ich.

»Ich! *Ich* sollte in diesem Buch stehen!«

Der Bus hält, und mehrere Kinder schieben sich nach draußen.

Mein Großvater starrt das Schulbuch an. »Wie

kann es sein, dass sie Sagarsky mit keiner Silbe erwähnen?«

»Wahrscheinlich weil Sagarsky ein Quacksalber ist«, ertönt eine Stimme hinter uns.

Wir drehen uns um. Es ist der Gothic-Junge. Er fährt nur manchmal mit dem Bus, normalerweise wird er von einem älteren Schüler in einem zerbeulten Auto mitgenommen.

»Ein Quacksalber? Ein Quacksalber?«, stammelt mein Großvater. »Wer bist du?«

Der Junge stellt sich vor. »Raj.« Er sieht mich an, und eine lange Strähne seines schwarzen Haarschopfes fällt ihm in die Stirn.

»Ich bin Ellie. Ellie Cruz. Und das ist mein Gr…«, setze ich an und beiße mir dann auf die Zunge. »Mein Cousin. Melvin.«

Mein Großvater durchbohrt Raj mit einem wütenden Blick. »Was hast du gegen Sagarsky?«

»Mein Naturwissenschaftslehrer meint, es wären Quacksalber wie Sagarsky, die richtige Wissenschaftler in Verruf bringen.«

»*In Verruf bringen?* Sagarsky ist ein hoch angesehener Wissenschaftler!«, entrüstet sich mein Großvater.

Raj zuckt mit den Schultern. »Also mein Lehrer sagt, er ist einer von den vielen Scharlatanen, die nach dem Jungbrunnen suchen.«

Die Bremsen des Busses quietschen.

»Das ist unsere Haltestelle«, erkläre ich meinem

Großvater und ziehe ihn hinter mir her. Ich drehe mich zu Raj zurück. »Nett, dich kennengelernt zu haben.«

Er nickt. »Bis bald.«

Mein Großvater funkelt ihn finster an, als er an ihm vorbeigeht.

»Nicht, wenn ich ein Wörtchen mitzureden habe.«

»Ich habe meine Hauptdarsteller gefunden!«, verkündet meine Mutter frohlockend, als sie die Küche betritt. »Zur Feier des Tages holen wir uns etwas zu essen!«

Sie geht zur Schublade, in der die Speisekarten liegen, und blättert darin herum.

»Wie wäre es mit Thailändisch? Oder Burmesisch?«, schlägt sie vor. »Oder dieser neue Koreaner, den ich schon lange ausprobieren wollte.«

»Ich esse nichts von alledem«, sagt mein Großvater.

»Du könntest es wenigstens mal probieren, vielleicht würde es dir ja schmecken«, versucht sie ihn zu überreden.

Ein streitlustiger Ausdruck zeigt sich auf seinem Gesicht. »Ich will es nicht probieren. Ich mag chinesisches Essen. Darauf ist Verlass. Man kann in jedes x-beliebige chinesische Restaurant gehen und weiß, was man bekommt.«

All dieses Gerede über chinesisches Essen macht mich hungrig.

»Ich nehme eine Wan-Tan-Suppe«, sage ich.

Meine Mutter seufzt. »Na schön.« Die Begeisterung schwindet aus ihrer Stimme.

Als meine Mutter mit unseren Gerichten zurück ist, setzen wir uns auf die Hocker am Bartisch. Argwöhnisch stochert mein Großvater in seinem Karton herum.

»Das sieht nicht aus wie das Moo Goo Gai Pan, das ich normalerweise habe. Das hier sieht scharf aus. Du weißt genau, dass ich kein scharfes Essen mag, Melissa.«

»Es ist das ganz normale Moo Goo Gai Pan, so wie immer, Dad«, sagt meine Mom.

Mein Großvater probiert vorsichtig einen Bissen. Und fällt sein Urteil. »Nicht scharf.«

»Gut«, entgegnet meine Mutter. »Ich hatte mir schon echte Sorgen gemacht.«

»Hmpf«, schnaubt er. »Hast du um extra Sojasauce gebeten?«

»Ja, Da. Sie ist in der Tüte«, sagt sie und verdreht die Augen. »Wie dem auch sei, die beiden Schüler, die ich für Emily und George ausgesucht habe, sind unglaublich!«

Der Kopf meines Großvaters schnalzt hoch. »Du führst *Unsere kleine Stadt* auf? Das Stück ist doch zum Einschlafen.«

Er hat recht. Ich habe es schon mehrmals gesehen, und es passiert wirklich nicht sonderlich viel. Im Grunde geht es nur um die Leute, die in der Kleinstadt Grover's Corners leben. Meine Mutter inszeniert es gerne, weil es unzählige Rollen gibt und somit viele Kinder mitspielen können.

Meine Mom fängt an, meinen Großvater zu belehren, als wäre er einer ihrer Schüler. »Entschuldige bitte mal, aber *Unsere kleine Stadt* ist wahrscheinlich das beste Theaterstück, das je über die Komplexität des menschlichen Zusammenlebens geschrieben wurde.«

»Wie schade, dass es so langweilig ist«, höhnt mein Großvater spöttisch.

»Du hast keine Ahnung, wovon du redest. Es ist ein tolles Stück. Ein Meilenstein der amerikanischen Theaterkunst. Du hast nur keinen Sinn fürs Theater.«

Mein Großvater gähnt breit.

Das Telefon klingelt, und ich springe auf.

»*Bonjour*«, sagt mein Dad mit seiner herzlichen Stimme.

Ich nehme das Telefon mit in den Flur.

»Hallo, Dad! Wie geht's?«

»Ich bin es leid, Jean Valjean jeden Abend über die Bühne zu jagen. Aber ich will mich nicht beschweren.«

Er spielt die Rolle des Javert in einer Produktion von *Les Misérables* eines Tourneetheaters. Er ist seit August unterwegs. Das Stück ist sein großer Durchbruch, aber ohne ihn ist es hier nicht dasselbe. Als ich klein war, ist mein Dad mit mir zu Hause geblieben, damit meine Mutter ihr Lehramtsstudium beenden konnte. Er behauptet, ein Kleinkind bei Laune zu halten, sei das beste schauspielerische Training seines Lebens gewesen.

»Wo bist du?«, frage ich.

»In Iowa City.«

»Hat dein Hotel einen Swimmingpool?«

»Ja. Im Souterrain.«

»Die Toilette ist schon wieder verstopft«, erzähle ich ihm.

Mein Vater stöhnt. »Ich schaue es mir an, sobald ich wieder in der Stadt bin.« Obwohl er nicht bei uns wohnt, kümmert er sich für meine Mutter immer um alles, was das Haus betrifft.

»Ich vermisse dich«, sage ich.

»Ich vermisse dich auch«, sagt er.

Mein Großvater redet lautstark, und meine Mutter schreit zurück. Ihre Stimmen hallen im Gang wider.

»Hört sich an, als hättet ihr Besuch«, sagt mein Dad.

»Grandpa ist zum Abendessen gekommen.«

»Lass mich raten: Ihr habt chinesisches Essen bestellt«, sagt er mit spröder Stimme.

»Woher weißt du das?«

Mein Vater schnaubt ins Telefon. »Der alte Mann wird sich nie ändern.«

Ich blicke zu meinem Großvater in der Küche. Er sitzt zusammengesackt auf seinem Stuhl. Seine langen Haare berühren knapp seine Schultern, das

Hemd hängt locker an seinem dürren Körper herab.
»Da wäre ich mir nicht so sicher«, entgegne ich.

8

Das Mögliche

In der ersten Stunde habe ich Naturwissenschaften. Mein Lehrer heißt Mr. Ham, und alle Kinder machen sich hinter seinem Rücken über ihn lustig, indem sie wie ein Schwein grunzen. Aber ich mag ihn irgendwie. Er ist lustig und trägt alberne Krawatten mit aufgedruckten Hummern und Cupcakes.

Ich wäre heute Morgen fast zu spät zum Unterricht gekommen, weil wir nicht rechtzeitig losgekommen sind. Mein Großvater wollte unbedingt erst noch irgendwelches Zeug aus dem Internet ausdrucken. Ich hatte nicht einmal Zeit, zu meinem Spind zu hasten und mein Naturwissenschaftsbuch herauszuholen.

Natürlich war das Erste, was Mr. Ham sagt: »Bitte schlagt eure Bücher auf Seite dreißig auf.«

Ich stöhne.

»Du kannst bei mir reinschauen«, flüstert Momo und schiebt ihr Buch zwischen uns.

»Danke«, flüstere ich zurück.

Zum Mittagessen gibt es Sloppy Joe – Brötchen mit einer undefinierbaren Sauce drauf. Kein Mensch weiß, woraus diese Sauce genau besteht, aber ausnahmslos alle sind sich einig, dass sie absolut widerlich ist.

Nachdem ich in der Mittagessensschlange vorgerückt bin, sehe ich mich nach Brianna um. Da höre ich jemanden meinen Namen rufen.

»Ellie! Hier drüben!« Mein Großvater sitzt an einem Tisch und gestikuliert wild in meine Richtung. »Ich habe dir einen Platz frei gehalten.«

Er trägt heute erneut ein interessantes Outfit: ein weißes Hemd mit hellblauer Krawatte, eine Polyesterhose und natürlich schwarze Kniestrümpfe. Das Schrägste an seinem Outfit ist das Haarband. Es gehört mir, ein leuchtend pinkfarbener Haargummi, und irgendwie steht er ihm.

Er klopft auf den Stapel Papiere vor ihm. »Das hier werde ich diesem Raj zeigen.«

Er nennt ihn nur »dieser Raj«.

»Hast du das heute den ganzen Morgen über ausgedruckt?«, frage ich. »Was ist das überhaupt?«

»Meine Artikel.«

»Artikel?«

»Ich habe dir doch erzählt, dass ich viel veröffentlicht habe«, sagt er. »Ich bin eine namhafte Persönlichkeit. Ich habe sogar einen virtuellen Fanclub in Finnland.«

»Du bist berühmt?«

Seine Schultern sacken ein wenig nach unten. »Er hat nur zweihundierteinunddreißig Mitglieder«, gesteht er. »Aber die werden völlig aus dem Häuschen sein, wenn ich ihnen von meinem Erfolg mit *T. melvinus* berichte. Ich werde der nächste Jonas Salk sein!«

Es kommt mir vor, als würde er über einen Verwandten sprechen, den ich kennen müsste, aber noch nie getroffen habe.

»Wer ist Jonas Salk?«, frage ich.

Mein Großvater schüttelt den Kopf. »Lernt ihr hier denn überhaupt nichts?« Er starrt an mir vorbei. »Würde dieses Land auch nur halb so viel Zeit auf den Unterricht der Naturwissenschaften verwenden wie darauf, irgendwelchen Idioten mit einem Ball zuzujubeln, wüsstest du, wer Jonas Salk ist.«

Ich drehe mich um, da ich wissen will, was seine Aufmerksamkeit erregt, und verspüre einen stechenden Schmerz. Am Rand des Hofs werfen sich ein paar Mädchen einen Volleyball zu. Brianna ist unter ihnen. Sie vollführt einen Schmetterball, und die Mädchen gehen vor Lachen in die Knie. Ich zwinge mich zum Wegsehen.

»Erzähl mir von Salk«, sage ich.

»Jonas Salk hat die Schutzimpfung gegen Polio entwickelt.«

Ich wage kaum zu fragen, aber schließlich ringe ich mich doch durch. »Was ist Polio?«

»Polio ist eine schreckliche Krankheit! Sie hat bei Kindern zu Lähmungen geführt. Hat sie getötet. Salk und seine Gruppe von Wissenschaftlern haben als Erste einen Impfstoff dagegen gefunden. Er hat ihn sogar an sich selbst getestet.«

»An sich selbst?« Das erscheint mir wahnsinnig, wie Dr. Jekyll und Mr. Hyde. »War er ein verrückter Wissenschaftler?«

Mein Großvater setzt sich aufrechter hin und durchbohrt mich mit seinem Blick.

»Alle Wissenschaftler sind ein bisschen verrückt, Ellie.«

Einen Moment lang halte ich es für einen Scherz, aber dann erkenne ich, dass es ihm todernst ist.

»Der Durchschnittsmensch gibt angesichts der Hindernisse, die ihm tagtäglich widerfahren, einfach auf. Wissenschaftler scheitern immer und immer wieder. Manchmal ihr ganzes Leben lang. Aber wir geben nicht auf, weil wir das Rätsel lösen wollen, wie bei einem Puzzle.«

»Ich mag Puzzles«, sage ich.

»Ja, aber hast du schon mal ein besonders großes Puzzle gemacht und schließlich aufgegeben, weil es zu schwer war?«

Ich nicke.

»Wissenschaftler geben *niemals* auf. Sie versuchen es immer weiter, weil sie an das Mögliche glauben.«

»Das Mögliche?«

»Dass es *möglich* ist, ein Heilmittel gegen Polio zu finden. Dass es *möglich* ist, das menschliche Genom zu entschlüsseln. Dass es *möglich* ist, den Alterungsprozess umzukehren. Dass die Wissenschaft die Welt verändern kann.«

Und mit einem Mal verstehe ich es.

Eine Palme wiegt sich in der Brise, und braune Palmwedel fallen herab. Etwas in meinem Inneren rastet ein, wie ein fehlendes Puzzleteil, das sich an seinen richtigen Platz einfügt.

Ich sehe meinen Großvater an. »Ich denke, ich weiß, wo Raj nach der Schule steckt.«

9

Obst

Raj wartet am Bordstein. Seine Augen sind auf die Autos gerichtet, die die Straße entlangfahren.

Mein Großvater marschiert auf ihn zu, eifrig in seinem Rucksack kramend. Es ist mein alter Kindergarten-Rucksack, mit Kätzchen darauf. Ich fand ihn etwas uncool für meinen Großvater, aber er meinte, es sei ein ausnehmend guter Rucksack, und es kümmere ihn nicht, was andere Menschen denken.

»Du!«, ruft mein Großvater.

Raj dreht sich um. Seine Augen flattern kurz zu mir, bevor sie an meinem Großvater hängen bleiben.

Mein Großvater zieht den Stapel Papiere heraus und drückt ihn Raj in die Hand.

»Lies das und staune«, sagt er.

Raj überfliegt die Aufsätze. Dann blickt er auf.

»Die meisten wurden vor über dreißig Jahren veröffentlicht.«

Kurzzeitig verschlägt es meinem Großvater die

Sprache, dann sagt er: »Einstein hat auch vor langer Zeit veröffentlicht. Willst du den auch in den Schmutz ziehen?«

»Jetzt machst du dich aber lächerlich«, sagt Raj.

Ein Auto hält am Randstein, hinterm Steuer ein Teenager. Er hat dieselben dunklen Augen wie Raj, sieht jedoch ein paar Jahre älter aus. Rajs großer Körper gleitet auf den Beifahrersitz.

»Lächerlich, hä?«, stammelt mein Großvater. »Was weißt du denn schon? Du bist bloß ein Kind.«

Raj beugt sich aus dem offenen Fenster und wirft meinem Großvater einen langen Blick zu.

»Keine Ahnung. Du bist auch bloß ein Kind.« Er zögert. »Was weißt *du* denn schon?«

Zu Hause marschiert mein Großvater schnurstracks in die Küche.

»Ich bin am Verhungern«, sagt er.

»Ich wärme ein paar Burritos auf«, sage ich. Wahrscheinlich gibt es keine perfektere Kombination als Reis, Bohnenmus und Käse.

Er macht sich eine Tasse heißen Tee zu seinem Burrito. Mit gewissenhafter Präzision gießt er das dampfende Wasser in einen Becher, gibt zwei perfekt gestrichene Teelöffel Zucker hinein und rührt ihn methodisch um, als würde er eine Rezeptur herstellen. Der Anblick erinnert mich an unser Gespräch über den verrückten Wissenschaftler.

»Ich fand es interessant, was du beim Mittagessen gesagt hast«, gestehe ich ein. »Das über Wissenschaft. Aber wie fängt man damit an?«

Er blickt von seinem Tee auf. »Was meinst du?«

»Bei einem Puzzle fange ich immer mit den Eckstücken an. Wenn man Polio oder irgendwas anderes heilen möchte, womit fängst man da an?«

»Mit den Augen, natürlich«, sagt er.

»Mit den Augen?«

Er blickt zu der Obstschale auf der Arbeitsplatte.

»Diese Obstschale zum Beispiel, was siehst du?«, fragt er.

Es ist eine ramponierte Holzschale mit ein paar Äpfeln, einer Banane, mehreren Birnen und einer Mango. Ich bin ziemlich sicher, dass die Mango im Angebot war, weil Mom sie sonst nicht kauft.

»Eine Obstschale?«, sage ich.

»Ist das Obst lebendig oder abgestorben?«, hakt er nach.

Ich betrachte die Früchte genauer. Die Äpfel sind rot und glänzen, und die Banane hat keinerlei Druckstellen.

»Lebendig.«

Er nimmt einen Apfel, dreht ihn. »Wirklich? Ist er Teil eines Wurzelsystems? Nimmt er Nährstoffe auf? Wasser? All das sind Zeichen von Leben.«

»Ich denke nicht«, sage ich.

Er wedelt mit dem Apfel unter meiner Nase herum. »Im Grunde beginnt er in der Sekunde zu sterben, in der er gepflückt wird.«

Dann geht er zur Arbeitsplatte und zieht ein Messer aus dem Messerblock. Er schneidet den Apfel auf, sodass eine fein säuberliche Ansammlung an dunkelbraunen Kernen sichtbar wird.

»Und jetzt«, sagt er und berührt sie mit der Spitze seines Messers, »was ist mit denen?«

»Abgestorben?«, rate ich.

»In diesem Fall ist die Sache komplizierter. Die Kerne schlummern, warten. Steck sie in die Erde. Gib ihnen Wasser und Sonnenlicht, und sie werden wachsen. In gewisser Hinsicht sind sie unsterblich. Und sie waren die ganze Zeit über im Apfel.«

Ich bin schwer beeindruckt.

»Ich dachte, bei Wissenschaft geht es allein um Experimente und Labore«, gestehe ich ein.

Mein Großvater schüttelt den Kopf. »Das mächtigste Instrument des Wissenschaftlers ist seine Beobachtungsgabe. Galileo, der Vater der modernen Wissenschaft, beobachtete, dass Jupiter von Monden umkreist wird, was der Beweis war, dass die Erde nicht der Mittelpunkt allen Lebens ist. Seine Beobachtungen haben die Menschen gezwungen, anders über ihren Platz im Universum nachzudenken.«

Dann blickt er sich um. »Apropos, jetzt, wo du es erwähnst«, sagt er. »Ich brauche ein Labor.«

»Wofür?«

»Natürlich um den *T. melvinus* zu analysieren, sobald wir ihn haben«, sagt er, als wäre es das Selbstverständlichste auf der Welt. »Ich muss meine Ergebnisse überprüfen, wenn ich sie veröffentlichen will.«

Ich denke eine Minute nach. Unser Haus ist nicht gerade groß.

»Wie wäre es mit der Garage?«, schlage ich vor.

Wir gehen hinaus in die Garage, und mein Großvater inspiziert sie eingehend. Eine Hälfte ist leer für das Auto meiner Mom, aber auf der anderen Seite stapeln sich die Kisten mit den Requisiten, die sich im Lauf der Jahre bei ihren Aufführungen angesammelt haben. Außerdem stehen dort eine alte Werkbank meines Dads, unsere Fahrräder und eine Gefriertruhe. Meine Mutter deckt uns gerne mit Tiefkühlkost ein, bevor sie mit den Proben für ein Theaterstück beginnt.

Mein Großvater reibt sich über den nicht vorhandenen Bart. »Elektrizität. Anständige Beleuchtung. Die Garage ist zwar nicht klimatisiert, aber es könnte schlimmer sein. Zumindest bin ich nicht in der Wüste, so wie Oppenheimer.«

Ich sehe ihn einfach nur an.

»Robert Oppenheimer? Zweiter Weltkrieg?«, sagt mein Großvater.

»So weit sind wir noch nicht in Geschichte«, erkläre ich. »Wir sind immer noch bei den alten Griechen.«

»Robert Oppenheimer war ein brillanter Physiker. Er hat das Manhattan-Projekt geleitet, mit dem die Atombombe entwickelt wurde. Oppenheimer hat die

Atombombe mitten in der Wüste von New Mexiko getestet.«

»Wow«, sage ich.

Er blickt sich um. »Nun, was du heute kannst besorgen, das verschiebe nicht auf morgen. Lass uns die Garage herrichten.«

Mein Großvater will das Labor in der Nähe der Steckdosen aufbauen, was bedeutet, dass wir sämtliche Requisitenkisten aus dem Weg räumen müssen. Diese Arbeit dauert geschlagene zwei Stunden. Wir finden eine Schachtel mit Klemmleuchten, und er bringt sie an der Werkbank an.

Auf einmal rollt das Garagentor hoch, und das Auto meiner Mutter erscheint. Doch sie kann nicht in die Garage fahren, weil alles voller Kisten steht. Sie schaltet den Motor ab und marschiert in die Garage.

»Was tut ihr hier?«, will sie wissen.

»Wir richten ein Labor ein«, antworte ich.

»Hier? In der Garage?«

»Damit ich mit meiner Forschung weitermachen kann«, erklärt mein Großvater.

»Und wo bitte soll ich mein Auto parken?«, fragt sie.

»Draußen?«, schlage ich vor.

»Wohl eher nicht«, sagt sie.

Mein Großvater starrt sie an. »Du kannst dich doch einer bahnbrechenden Entdeckung nicht in den Weg stellen.«

»Ich stelle mich Vögeln in den Weg, die auf mein Auto kacken.«

Den ganzen restlichen Nachmittag verbringen wir damit, alles wieder an seinen alten Platz zurückzuräumen.

10

Salk und Oppenheimer

Ich soll einen Aufsatz über eine bekannte historische Figur schreiben. Aber anstatt einen der üblichen Verdächtigen zu wählen – William Shakespeare, Thomas Jefferson, Harriet Tubman –, benutze ich den Computer, um die Namen derjenigen zu suchen, über die sich mein Großvater lang und breit ausgelassen hat. Galileo. Jonas Salk. Robert Oppenheimer.

Galileos Bild ist ein altes Ölgemälde von der Sorte, die im de Young Museum in San Francisco hängen könnte. Er ist angezogen, als würde er in einem Shakespeare-Stück mitspielen, und wirkt nicht wie ein echter Mensch.

Salk und Oppenheimer hingegen sind interessant. Salk sieht genauso aus, wie man sich einen Wissenschaftler vorstellt: Brille, weißer Laborkittel, Reagenzglas in der Hand. Der klassische Nerd.

Oppenheimer ist eine echte Überraschung: Er ist attraktiv, mit durchdringenden Augen. Nachdenklich blickt er in die Kamera, wie ein alter Hollywood-Schauspieler. Auf einem Bild trägt er einen Hut und hat eine Zigarette lässig im Mundwinkel. Ich könnte mir gut vorstellen, dass mein Dad ihn in einem Film spielt. Oppenheimer hat außerdem eine enge Verbindung zur Bay Area: Er hat an der University of California in Berkeley gelehrt. Meine Mom schwärmt ständig von dem dortigen Theaterstudiengang.

Die Gemeinsamkeit zwischen den zwei Männern springt mir ins Auge: Sie waren beide in Kriege verwickelt, in denen Wissenschaft eine große Rolle für den Ausgang spielte. Jonas Salk und der Krieg gegen Polio. Robert Oppenheimer und der Zweite Weltkrieg. Salk entwickelte eine Impfung, die vor Polio schützte, und Oppenheimer half, die Bomben zu bauen, die über Japan abgeworfen wurden und den Krieg beendeten.

Insbesondere Oppenheimers Geschichte wirkt wie ein Hollywood-Film. Das dramatische Wettrennen gegen die Deutschen, wer als Erster die Bombe fertigstellen würde. Und dann dieses Foto von einer der Bomben, die wie eine große Pilzwolke explodiert. Es gibt ein Zitat von Oppenheimer, seine Reaktion auf den erfolgreichen Test der Atombombe:

»Wir wussten, dass die Welt danach nicht mehr dieselbe sein würde. Manche lachten. Manche weinten. Die meisten waren verstummt.«

Ich verstehe, wie er sich gefühlt haben muss. Ähnlich wie ich an dem Tag, an dem mein Großvater vor der Haustür stand und wie ein Teenager aussah. Science Fiction, die Realität wird. Meine Mom meint, als Kind hätte sie sich Handys nicht in ihren kühnsten Träumen vorstellen können, und heute besitzt jeder eins. Außer mir natürlich. Meine Eltern sagen, ich wäre zu jung.

Mein Großvater kommt in mein Zimmer, ohne vorher anzuklopfen. Er erstarrt, als er die Handabdrücke sieht.

»Du meine Güte! Was ist mit deinen Wänden passiert?«

»Es ist Absicht, dass sie so aussehen«, erkläre ich ihm.

»Soll das etwa Dekoration sein? Was ist aus hübschen Tapeten geworden?«

Er zeigt auf sein Gesicht, das von Pickeln übersät ist. Er hat welche auf der Stirn und einen großen roten am Kinn.

»Hast du eine Creme gegen Akne?«

»Die liegt im Bad«, sage ich, und er folgt mir dorthin.

»Ich kann nicht glauben, dass ich sechsundsiebzig Jahre alt bin und wieder mit Pickeln zu kämpfen habe«, meckert er.

Ich krame in einer Schublade herum, finde die Tube und reiche sie ihm. Er schmiert etwas Creme auf seine Pickel.

»Vielleicht sollte ich nächstes Mal ein Mittel gegen Akne finden«, sagt er.

Wir bestellen zum Abendessen wieder beim Chinesen. Meine Mom will Sushi holen, doch mein Großvater meint, die Person mit den meisten Studienabschlüssen sollte wählen dürfen. Mit seinen zwei Doktortiteln hat er natürlich gewonnen.

Während wir essen, beobachte ich meinen Großvater und meine Mutter, als wäre ich eine Wissenschaftlerin, eine Ellie-Version von Galileo. Zum einen ist unsere Sitzordnung völlig anders als sonst. Wenn meine Mom und ich alleine sind, sitzen wir nebeneinander. Aber jetzt thront mein Großvater an der Stirnseite des Bartischs, als wäre er ein König. Dann fällt mir die Art auf, wie sie miteinander reden – oder besser gesagt *nicht* miteinander reden. Mein Großvater bombardiert meine Mom mit Fragen, die sie offensichtlich nerven: Ob sie immer noch ihre College-Mitschriften hat? Ob sie sich vielleicht mit einem Freund von ihm vom Institut für Biologie in Stanford treffen und mit ihm über das Studium sprechen möchte? Ob er ihr bei der Bewerbung helfen soll?

Die ersten paar Male antwortet sie auf seine Fragen, doch nach einer Weile gibt sie keinen Mucks mehr von sich und starrt einfach auf ihren Teller, wie das Teenager gerne tun. Da trifft mich eine Erkenntnis: Obwohl meine Mom erwachsen ist und ihr eigenes Leben führt, behandelt mein Großvater sie immer noch wie ein Kind.

Nachdem wir mit dem Abendessen fertig sind,

verteile ich die Glückskekse. Mein Großvater wirkt nicht sonderlich glücklich, als er seinen liest.

»Was steht in deinem?«, frage ich ihn.

»Du bekommst neue Kleidung«, sagt er.

»Keine schlechte Idee, Dad«, erklärt meine Mom. »Vielleicht könnten wir dir ein paar Klamotten mit etwas mehr Stil besorgen. Du siehst aus, als hättest du in der Altherren-Abteilung eingekauft.«

»An meiner Kleidung ist nichts auszusetzen. Sie ist nigelnagelneu! Ich habe sie vor ein paar Wochen gekauft, nachdem ich jung geworden bin.« An mich gewandt sagt er: »Mir blieb nichts anderes übrig, weil ich geschrumpft bin.«

Dann dreht er sich zu meiner Mutter um. »Aber da du es gerade erwähnst, Melissa, ich müsste mir dein Auto ausleihen.«

Meine Mom muss husten. »Das Auto ausleihen? Ich dachte, du hättest das Fahren aufgegeben.«

Er wirft ihr einen Blick zu. »Die Dinge haben sich geändert. Und ich muss dringend etwas erledigen.«

»Aber du kannst nicht mit meinem Auto fahren«, erwidert sie langsam. »Du bist nicht alt genug.«

Er richtet sich zu seiner vollen Größe auf. »Ich bin ganz gewiss alt genug. Möchtest du meinen Führerschein sehen?«

»Dad«, sagt sie nun mit beschwichtigendem Tonfall. »Was würde passieren, wenn du in eine Polizeikontrolle gerätst? Du siehst dem Foto in deinem Ausweis nicht mehr sonderlich ähnlich.«

Sie hat recht. Mit den Pickeln und langen Haaren, die ihm aus meinem Haargummi gerutscht sind, sieht er kaum alt genug für einen Kinofilm ab zwölf aus.

»Ich werde nicht kontrolliert.«

»Ich weiß doch, wie du fährst! Du versuchst immer, von der rechten Spur aus nach links abzubiegen«, sagt sie mit einem Stöhnen.

»Auf diese Weise habe ich mehr Schwung«, erwidert er. »Das ist einfache Physik.«

»Du wirst einen Unfall bauen.«

Sein Blick wird hart. »Unfall? Ausgerechnet du willst über Unfälle reden? Wer hat denn den VW geschrottet? Wer hat ihn gegen einen Baum gefahren?«

»Das … Das war nicht meine Schuld«, stammelt sie. »Es hat geregnet. Die Straße war rutschig. Es war dunkel.«

»Ich hatte den Wagen gerade erst abbezahlt.«

Sie starren sich an wie Stiere in der Arena.

»Ich brauche das Auto«, sagt er.

Meine Mom leiht ihm das Auto nicht.

»Hast du auch nur eine vage Vorstellung, wie oft sie sich mein Auto geborgt hat?«, wettert er auf der Busfahrt zur Schule. Er ist rasend vor Wut.

»Warum bittest du sie nicht einfach, dich zu fahren?«, schlage ich vor.

»Sie wird mich nicht zum Labor fahren«, sagt er. »Dieser Möchtegernpolizist hat gesagt, er würde Anzeige erstatten, wenn er mich noch einmal auf dem Grundstück erwischt.«

»Oh«, sage ich. Ich verstehe, was er meint.

Doch auf der Heimfahrt nach der Schule ist seine Stimmung wie ausgewechselt. Er wirkt beinahe glücklich, richtig aufgeregt. Als wir unsere Haltestelle erreichen, steht er nicht auf.

»Komm schon. Wir müssen raus«, sage ich zu ihm.

Er rührt sich nicht. »Heute steigen wir an einer anderen Haltestelle aus.«

»Wirklich? Wo?«

Seine Augen glitzern.

»Bei meinem Labor.«

11

Gebäude vierundzwanzig

Ich nehme jeden Tag den öffentlichen Bus zur Schule, aber dieses Mal fühlt sich die Fahrt völlig anders an – wie ein echtes Abenteuer.

Mein Großvater starrt aus dem Fenster. Seine Haare sind mit einem weiteren meiner Haargummis zurückgebunden, einem lilafarbenen.

»Deine Großmutter ist so gerne Bus gefahren«, murmelt er.

»Wirklich?«

»Ja«, sagt er. »Ihr Traum war es, mit dem Bus eine Rundreise durchs ganze Land zu machen. In jedem kleinen Städtchen anzuhalten. All die Touristenfallen abzuklappern.«

»Habt ihr das gemacht?«

Er schüttelt den Kopf, und ein schmerzlicher Ausdruck legt sich auf sein Gesicht.

»Nein«, sagt er. »Meine Arbeit hat mich immer zu sehr in Beschlag genommen.«

Meine Großmutter starb, als ich drei war. Ich habe eine vage Erinnerung, dass ich einmal meine Mutter überrascht habe, als sie im Badezimmer weinte.

»Vermisst du sie?«, frage ich ihn.

Er blinzelt schnell. »Ich vermisse alles an ihr. Ich vermisse ihre Stimme. Ich vermisse unser gemeinsames Leben.« Er schluckt schwer. »Ich vermisse es, sie in ihren Pantoffeln herumlaufen zu sehen.«

»Pantoffeln?«

Wie in Trance schüttelt er den Kopf. »Sie machte sich nichts aus Schmuck oder Parfüm oder all diesem Zeug. Aber sie liebte ein ordentliches Paar Pantoffeln. Die Art, die innen mit Fell gefüttert sind. Ich habe ihr jedes Jahr zu unserem Hochzeitstag ein neues Paar geschenkt. Albern, wenn man darüber nachdenkt.«

Für mich hört sich das nicht albern an. Für mich hört sich das nach Liebe an.

Wir müssen viermal umsteigen. Der letzte Bus spuckt uns in einem Industriepark voller Autohäuser aus. Mein Großvater führt mich eine Seitenstraße entlang auf einen Gebäudekomplex zu. Die Häuser dort sehen völlig gleich aus – braune Backsteine mit dunklen Fenstern – und sind mit Nummern versehen. Als wir die Vierundzwanzig erreichen, bleibt mein Großvater stehen.

»Wir sind da!«

»Wirklich?«, frage ich. Ich hatte etwas Moderneres

erwartet, mit Glas und schimmerndem Metall. Das hier wirkt ziemlich gewöhnlich.

Doch mein Großvater scheint geradezu erleichtert zu sein, das Gebäude zu sehen, als wäre es ein alter Freund.

»Die gute, alte Vierundzwanzig«, sagt er.

Er reicht mir eine Plastikkarte, die an einem Schlüsselband befestigt ist.

»Wofür ist die?«, frage ich.

»Um hineinzukommen. Das ist meine Schlüsselkarte.« Er deutet auf das Gebäude. »Der Wachmann würde mich wiedererkennen. Du musst hineingehen. Ich habe dir eine Karte gezeichnet. Der *T. melvinus* ist im Kühlschrank in meinem Labor.«

Ich bin ein bisschen nervös. »Was ist, wenn der Wachmann *mich* sieht?«

»Das habe ich alles einkalkuliert«, versichert er mir. »Sag ihm einfach, dass dein Vater dort arbeitet. Ein süßes Mädchen wie du? Da wird er keinen Verdacht schöpfen.«

Ich ziehe die Karte durch den Schlitz und schlüpfe unbemerkt durch eine Seitentür. Dann gehe ich den Flur entlang, als hätte ich jedes Recht, hier zu sein, und orientiere mich anhand der Zahlen auf den Bürotüren. Ich habe das Labor meines Großvaters fast erreicht, als ich eine Stimme höre und wie angewurzelt stehen bleibe.

»Hey, Kleine, was suchst du hier?«

Ich drehe mich langsam um.

Ein Wachmann mittleren Alters erscheint, einen Kaffeebecher in der Hand. Er trägt ein Walkie-Talkie an der Hüfte und hat einen argwöhnischen Ausdruck im Gesicht. »Ich hab dir eine Frage gestellt, Kleine.«

Ich binde ihm die Lügengeschichte auf, die wir einstudiert haben. »Mein Dad arbeitet hier.«

Seine Schultern entspannen sich. »Oh«, sagt er. »Okay.«

Ich lächele ihn verhalten an und setze meinen Weg fort. Erleichterung durchflutet mich, die Art von Erleichterung, die einen packt, wenn man einen Test besteht, ohne dafür gelernt zu haben.

»Hey, Kleine«, ruft er mir nach.

Ich drehe mich zu ihm um.

»Wie heißt dein Dad?«

Ich zögere einen Moment zu lang.

Prompt verengen sich seine Augen zu Schlitzen, und er schüttelt den Kopf. »Neulich ist schon mal einer von euch verrückten Kids hier herumgeschlichen«, sagt er. »Lass uns in mein Büro gehen.«

In dem Sekundenbruchteil, bevor er mich erreicht, sehe ich meine Zukunft vor mir: auf der Rückbank eines Polizeiwagens.

Ich laufe los.

»Stehen bleiben!«, ruft er.

Ich rase aus dem Gebäude in Richtung der Büsche, wo mein Großvater auf mich wartet. Als er mich laufen sieht, fängt auch er an zu rennen.

Wir verstecken uns in einem winzigen Taco-Imbiss, bis die Luft rein ist. Dann nehmen wir den Bus nach Hause.

»Ich bin stolz auf dich«, sagt mein Großvater.

»Aber ich habe es nicht geschafft«, entgegne ich.

Er schüttelt den Kopf. »Wissenschaftler scheitern ständig. Du hast es versucht. Das ist alles, was zählt. Du darfst nie lockerlassen. Genau wie Marie Curie.«

Es fühlt sich wie ein Kompliment an.

»Was hat sie gemacht?«

»Marie Curie hat einen Nobelpreis für ihre Arbeit über Röntgenstrahlen gewonnen.«

»Denkst du, ich könnte einen Nobelpreis gewinnen?«, frage ich.

»Natürlich«, sagt er ohne jedes Zögern.

Und ich glaube ihm.

12

Raisinets

Es ist Samstagabend, und meine Mom hat ein Date mit Ben. Sie wollen meinen Großvater und mich im Kino absetzen, essen gehen und uns auf dem Heimweg wieder abholen.

Ich beobachte sie, während sie sich in Schale wirft. Ihre Haare sind seit ein paar Tagen blau. Als mein Großvater sie damit zum ersten Mal sah, hat er den Kopf geschüttelt und sie gefragt, ob sie jetzt für den Zirkus arbeitet.

»Wie sehe ich aus?«, will meine Mom von mir wissen.

Sie führt ihr Outfit vor: ein purpurner Rock, ein paillettenbesetztes silbernes Top, ein breiter Vinylgürtel und hohe Kunstlederstiefel. Manchmal ist es irgendwie komisch, eine Mom zu haben, die hipper ist als du selbst.

»Toll!«

Es klingelt, und meine Mom schickt mich mit demselben Spruch wie immer zur Haustür: »Sag Ben, dass ich jeden Augenblick unten bin.«

Ben steht mit einem Strauß Nelken auf der Veranda. Obwohl er und meine Mom das Blumen-Stadium längst hinter sich haben, bringt er ihr bei jedem Date Blumen mit. Ich finde das süß.

»Was geht ab?« Das ist sein üblicher Begrüßungsspruch.

Meine Mom sagt, sie liebe am meisten an Ben, dass es kein Theater gibt, was irgendwie ein lustiger Ausspruch für eine Schauspiellehrerin ist. Mir gefällt, dass er nicht versucht, mein Dad zu sein. Er ist einfach nur Ben.

»Sie macht sich nur noch rasch fertig, sie kommt gleich runter«, sage ich, auch wenn wir beide wissen, dass es wahrscheinlich noch eine Weile dauern wird.

Bens Augen kräuseln sich, und er sagt halb im Scherz: »Auf deine Mutter würde ich ewig warten.«

Er hat meine Mutter schon zweimal gefragt, ob sie ihn heiraten will, und beide Male hat sie abgelehnt, weil sie noch nicht bereit ist. Einmal habe ich zufällig mitbekommen, wie sie Bernadette erzählte, dass sie Angst davor hat, wieder einen Fehler zu begehen.

Mein Großvater betritt den Flur und wirft Ben einen eisigen Blick zu. Abgesehen von seiner üblichen Polyesterhose und seinem bis zum Hals zugeknöpften Hemd trägt er heute eine karmesinrote

Krawatte. Er meinte, er würde sich immer herausputzen, wenn er ins Kino geht.

»Du musst Ellies Cousin sein«, sagt Ben. »Melvin, nicht wahr? Ich bin Ben.«

Mein Großvater sagt kein Wort, sondern starrt Ben feindselig an.

Ben zeigt mit einem Nicken auf die Krawatte meines Großvaters. »Du bist also ein Krawatten-Typ? Das ist ziemlich oldschool.«

»Oldschool« ist definitiv das richtige Wort, um meinen Großvater zu beschreiben.

Meine Mutter kommt herunter.

»Du siehst wunderschön aus, Lissa«, sagt er.

Sie deutet auf ihr Top. »Nicht zu funkelnd?«

Ben lächelt. »Es ist perfekt.«

»Du brauchst einen Schal«, sagt mein Großvater zu ihr.

»Wie bitte?«, fragt meine Mom.

»Viel zu viel Haut«, beharrt mein Großvater. »So würde sich vielleicht ein Teenager anziehen. Du brauchst einen Schal.«

Der Mund meiner Mom öffnet und schließt sich vor Wut.

Nach dem Film warten mein Großvater und ich vor dem Kino darauf, abgeholt zu werden. Die allabendliche Parade ist in vollem Gange: Mädchen, die Arm in Arm mit Jungen vorbeispazieren, die so tun, als würden sie ihre Begleiterinnen überhaupt nicht bemerken, während andere Jungs auf Skateboards vorbeizischen.

»So ein Idiot«, bemerkt mein Großvater, als ein Skateboarder geschickt einen Salto vollführt. »Ein einziger Sturz und er braucht ein neues Knie.«

Er schüttelt seine Schachtel mit Raisinets. Er hat sich bereits einen Becher Popcorn, eine Tüte Gummibärchen, Nachos, ein Rootbeer und einen Milchshake einverleibt.

»Die sind nicht so gut wie früher«, beschwert er sich.

»Es sind doch bloß Rosinen, die mit Schokolade überzogen sind«, sage ich. »Wie können die anders schmecken?«

»Früher waren sie einfach besser. Wie so viele andere Dinge.«

»Zum Beispiel?«

»Zum Beispiel Kinofilme. Der eben war Müll. Zu meiner Zeit wurden noch gute Filme gedreht.«

Es war ein animierter Märchenfilm. Ich bin kein großer Märchen-Fan. Hauptsächlich, weil ich mich immer frage, was *nach* dem Und-wenn-sie-nicht-gestorben-sind-dann-leben-sie-noch-heute-Teil kommt. Wie bei *Drei kleine Schweinchen*. Was ist passiert, nachdem das dritte Schwein den Wolf im Topf gekocht hat? Gab es eine Beerdigung des Wolfs für seine Freunde? Oder bei *Aschenputtel*. Okay, sie hat den Prinzen bekommen, aber was ist mit ihren Stiefschwestern? Sie gehören immer noch zu ihrer Familie. Muss sie Thanksgiving mit ihnen zusammen verbringen? Wo wir also gerade von komisch sprechen.

»Anscheinend ist Halloween dieses Jahr früher als sonst«, sagt mein Großvater und zeigt auf eine Gruppe von Gothic-Jungen, die vor dem Kino in der Schlange stehen. Unwillkürlich halte ich nach Raj Ausschau, aber er ist nicht unter ihnen.

Eine reizende alte Dame, die einen ebenso betagten Mann in einem Rollstuhl schiebt, kommt an uns vorbei. Der Mann sitzt nach vorne gebeugt da und hält einen Stock. Er trägt eine dunkle Polyesterhose, ein bis zum Hals zugeknöpftes Hemd, eine marineblaue Jacke und Halbschuhe mit dunklen Socken.

Er ist genauso gekleidet wie mein Großvater.

»Siehst du das, Ellie? Das Altern ist eine schreckliche Krankheit. Du verlierst Fähigkeiten, die du für selbstverständlich gehalten hast. Die Fähigkeit zu gehen. Dein Augenlicht. Dein Hörvermögen. Selbst aufs Klo zu gehen, fällt dir schwer.«

»Hä?«

Er wirft mir einen vielsagenden Blick zu. »Alles bricht auseinander, wenn du alt wirst. Glaub mir, du willst nicht wissen, wie oft ich nachts zum Pinkeln aufstehen musste.«

Ich nicke zustimmend mit dem Kopf. Das sind viel zu viele Informationen.

»Aber das ist nicht einmal das Schlimmste. Sie stecken dich in Pflegeheime und betreutes Wohnen, nur weil du alt bist.«

Irgendwie erinnert mich das an die Middle School.

»Und weißt du, was dann passiert?« Er macht eine theatralische Pause. »Die Menschen um dich herum fangen an zu sterben! Herzinfarkte! Schlaganfälle! Krebs! Menschen, die du dein ganzes Leben lang kanntest, verschwinden einfach! Menschen, die du geliebt hast! Kannst du dir vorstellen, wie schmerzhaft das ist?«

Ich denke an Brianna.

Eine Welle des Gelächters rollt durch ein Grüppchen von Teenagern, als ein Junge sein Skateboard in die Luft kickt.

»Ich wäre lieber tot als alt«, verkündet er.

Dann zerknüllt er die Raisinets-Schachtel.

»Ich habe immer noch Hunger«, sagt er.

13

Ankh

Seit mein Großvater bei uns wohnt, hat sich einiges bei uns verändert. Die Schlafcouch im Wohnzimmer ist ständig ausgeklappt, und unsere antiken Bücherregale sind ausgeräumt und zu einem offenen Kleiderschrank umfunktioniert worden. Dem gesamten Zimmer haftet ein muffiger Geruch nach Umkleidekabine und Jungensocken an. Meine Mutter hat sich ein Raumspray zugelegt, das sie versprüht, sobald er nicht hinsieht.

Mein Großvater hat ein paar Marotten. Wenn wir irgendwo hin müssen, ist er immer schon mindestens eine halbe Stunde vorher fertig. Er trinkt jeden Tag eine Tasse heißen Tee, weil das angeblich »gut für die Verdauung« ist. Vom Thema Müll ist er geradezu besessen.

»Du solltest die Mülltonnen am Abend zuvor hinausstellen«, erklärt er meiner Mom.

»Ich tue es lieber am Morgen«, sagt sie.

»Was ist, wenn du es vergisst?«

Meine Mutter beißt die Zähne zusammen. »Ich vergesse es nicht.«

»Es wäre aber möglich«, sagt er. »Und dann hast du zwei Wochen Abfall in deinen Tonnen. Das wäre ein echtes Problem.«

Es ist nicht sonderlich schwer herauszufinden, was er meint, anders als manchmal bei Mädchen: Er ist direkt. Und er macht immer das, was er angekündigt hat, weshalb ich nervös werde, als er nach Schulschluss nicht auftaucht.

Wie üblich warte ich an unserem Treffpunkt auf ihn – dem Fahnenmast vor der Schule. Der Strom an Kindern, der aus dem Gebäude kommt, verebbt allmählich, doch von ihm ist weit und breit keine Spur zu sehen. Ich weiß, dass er mich nicht einfach hier zurücklassen würde. Dann fällt mir wieder ein, was Nicole über alte Menschen erzählt hat, dass manche verwirrt umherstreunen. Obwohl mein Großvater den Körper eines Teenagers hat, besitzt er immer noch das Gehirn eines Sechsundsiebzigjährigen.

Ich gehe zu seinem Spind und schaue in seinem letzten Unterrichtsraum vorbei, aber nichts. Jetzt bekomme ich es allmählich mit der Angst zu tun, weshalb ich zu einer der Jungentoiletten laufe und durch den Türspalt hineinrufe.

»Melvin?«

Raj kommt heraus.

»Ich glaube, du hast die falsche Toilette erwischt«, sagt er amüsiert.

»Ist Melvin da drinnen?«

»Äh, willst du, dass ich nachsehe?«

»Bitte«, sage ich.

Im nächsten Moment ist er zurück. Er schüttelt den Kopf. »Nee, kein Melvin.«

»Wo steckt er?«, frage ich. Panik steigt in mir auf.

»Ich helfe dir beim Suchen«, sagt Raj. »Er ist bestimmt hier irgendwo.«

Raj klappert alle Jungentoiletten und Umkleiden ab, aber keine Spur von ihm.

Erst, als wir an meinem Spind vorbeikommen, sehe ich eine Notiz, die am Metall klebt.

Ich muss nachsitzen.
– Melvin

Raj bietet mir an, mir beim Warten Gesellschaft zu leisten. Wir setzen uns auf eine Bank vor das Klassenzimmer, in dem die Schüler nachsitzen müssen. Es ist lustig, sich mit ihm zu unterhalten.

»Dein Cousin ist irgendwie schräg«, sagt er.

Ich sehe ihn an.

»Ich meine, die Art, wie er sich anzieht, und alles? Diese Polyesterhosen? Er erinnert mich an meinen Großvater.«

Wenn er wüsste, denke ich.

»Äh, ja, das ist wohl sein Stil, nehme ich an.«

»Mhm«, sagt er.

Er hat einen Ohrhänger im rechten Ohr, der wie eine Hieroglyphe aussieht.

»Das ist Ägyptisch, nicht wahr?«

»Es ist ein Ankh – das ägyptische Symbol für Leben«, erklärt er.

»Cool«, sage ich. »Du stehst also auf altägyptisches Zeug?«

»Irgendwie. Wusstest du, dass sie das Herz im Körper gelassen haben?«

»Was?«

»Wenn sie Mumien einbalsamierten, haben sie alle Organe herausgenommen, nur das Herz nicht.«

»Warum haben sie das getan?«

Seine Augen sind ernst. »Sie glaubten, dass man mit dem Herzen denkt.«

Die Tür des Klassenzimmers knallt krachend auf, und Schüler stürmen heraus. Mein Großvater marschiert auf uns zu, rot im Gesicht, mit wild abstehenden Haaren.

»Was ist passiert?«, frage ich ihn.

»Ich habe das stille Örtchen aufgesucht«, sagt er.

Seine Worte ergeben keinen Sinn.

»Das stille Örtchen?«

»Die Toilette!«, faucht mein Großvater. »Ich bin während der Schulstunde aufs Klo gegangen, ohne vorher eine Genehmigung einzuholen! Anscheinend ist das ein Kapitalverbrechen!«

Eine Gruppe Schüler, die mit meinem Großvater

nachsitzen mussten, johlt ihm begeistert zu, als sie an ihm vorbeigehen.

Einer lacht und sagt: »Fight the power!«

Mein Großvater wirft ihm einen vernichtenden Blick zu.

»Du brauchst einen Toilettenpass, wenn du aufs Klo willst«, erkläre ich.

»Apropos, die Lehrerin, die mich zum Nachsitzen verdonnert hat, dürfte nicht Geschichte unterrichten. Sie kann keinen Tag älter als zweiundzwanzig sein.« Empört schüttelt er den Kopf. »Was weiß die schon von Geschichte?«

»Vielleicht solltest du dir nächstes Mal einfach einen Toilettenpass holen«, schlägt Raj vor.

»Ich ziehe es vor, meine Würde zu bewahren«, verkündet er.

Während er mit flatterndem Haar davonmarschiert, wird mir klar, dass meine Mutter unrecht hat.

Er hat doch Sinn fürs Theater.

14

Käse

Meine Mom kommt früh aus der Schule. Als sie durch die Tür marschiert, hat sie zwei große Tüten mit Lebensmitteln dabei.

»Die Proben laufen so toll, dass ich allen heute den Tag freigegeben habe!«, schwärmt sie uns vor. »Ich dachte, ich koche uns etwas zum Abendessen.« Dann fügt sie hinzu: »Ich habe das Gefühl, dich in letzter Zeit etwas vernachlässigt zu haben, Ellie.«

Den restlichen Nachmittag verbringt sie in der Küche. Als sie uns zum Abendessen ruft, sieht es dort aus, als hätte ein Tornado gewütet: Schmutzige Schüsseln und Messbecher stapeln sich in der Spüle, die Arbeitsplatte ist mit einer Schicht Mehl überzogen. Sie muss jeden einzelnen Topf im Haus benutzt haben.

»Essen ist fertig!«, verkündet sie und stellt unsere Teller mit einer Verbeugung vor uns ab.

Ein paniertes, gebratenes und leicht an einen

Hamburger erinnerndes Ding liegt in der Mitte von jedem Teller. Daneben sind ein paar Stangen angebrannter Spargel angerichtet.

Mein Großvater und ich probieren beide davon.

»Und?«, fragt meine Mom. »Was denkt ihr?«

Das Ding hat eine sonderbare Konsistenz, ist zerkocht und völlig verpfeffert.

Mein Großvater verzieht das Gesicht. »Was soll das denn bitte schön sein?«

»Gebratene Aubergine«, sagt sie.

Seine Antwort ist entschieden. »Nein. Mag ich nicht.«

Sie sieht mich an. »Schmeckt es dir?«

Ich schüttele den Kopf.

Resigniert lässt sie die Schultern hängen.

Die Aubergine landet im Müll, und wir bestellen beim Chinesen.

Am nächsten Tag nach der Schule sitzen mein Großvater und ich in der Küche, und er beschwert sich über die Kochkünste meiner Mutter.

»Hätte sie der Chemie genauso viel Aufmerksamkeit geschenkt wie diesem Theater-Unsinn, wäre sie jetzt eine passable Köchin«, sagt er. Er betont das Wort »Theater« so übertrieben, dass es sich wie *Thee-a-tah* anhört.

»Chemie? Was hat das denn damit zu tun?«

Er sieht mich an. »Kochen ist Chemie.«

»Wirklich?« Mir kam es immer eher wie Kunst vor.

»Es ist alles simple Chemie«, sagt er. »Im Grunde hat die Naturwissenschaft überall in der Küche ihre Hände im Spiel.«

Er öffnet den Kühlschrank, nimmt ein Stück Käse heraus und winkt damit.

»Louis Pasteur hat einen Weg gefunden, Bakterien in Getränken abzutöten: Pasteurisierung oder das Erhitzen bei hohen Temperaturen. Zur damaligen Zeit kam es praktisch einem Wunder gleich! Das ist der Grund, weshalb wir Milch trinken und Käse essen können, ohne krank zu werden.«

Ich hatte keine Ahnung, dass Käse ein Wunder darstellt.

»Ich koche gern«, sage ich.

»Natürlich tust du das«, sagt er, als wäre es das Offensichtlichste der Welt. »Du schlägst nach mir.«

Vielleicht schlage ich wirklich nach ihm.

Er klatscht in die Hände. »Lass uns das Abendessen zubereiten.«

»Was sollen wir kochen?«, frage ich. Der Großteil meiner Rezepte beschränkt sich aufs Frühstück.

Er wirft einen Blick in den Kühlschrank und geht dann zu der grünen Rezeptbox aus Holz, die auf dem Fensterbrett über der Spüle steht. Die Rezeptbox gehörte meiner Großmutter. Manchmal, wenn meine Mutter einen schlechten Tag hat, zieht sie eines der kleinen Kärtchen heraus und liest es. Sie sagt, sie mag es, sich einfach die Handschrift ihrer Mutter anzusehen.

Mit kritischem Auge blättert mein Großvater die Rezepte durch, dann zieht er eines heraus.

»Ah, ja, das müsste klappen«, sagt er.

Ich spähe auf das Kochrezept. Die Karte hat überall Flecken, als wäre sie häufig im Einsatz gewesen. In perfekt geschwungener Schreibschrift steht dort:

Coq au vin (Melvins Lieblingsgericht)

»Und es kommt aus Frankreich, wie Louis Pasteur«, fügt er hinzu.

»Das einzige französische Essen, das ich jemals gegessen habe, ist ein Nizza-Salat«, gestehe ich.

»Mit französischem Essen liegst du nie falsch«, versichert er mir. »Es ist die beste Küche der Welt.«

Wir machen es uns am Tisch gemütlich, wo wir Seite an Seite arbeiten. Er ist ein ordentlicher Koch und räumt alles gleich auf, so wie ich. Er zeigt mir, wie man Karotten schneidet. Wie man das Hühnchen mit dem Speck goldbraun brät. Wie man alles vermischt und mit Rotwein auf niedrigster Flamme köcheln lässt. Allmählich beginne ich zu verstehen, dass die Küche tatsächlich einer Art Labor gleicht. Die Glasschüsseln. Die Messlöffel. Die Gasflamme auf dem Herd ist wie ein Bunsenbrenner. Wenn man darüber nachdenkt, erinnern selbst die weißen Schürzen der Köche an die weißen Kittel, die Wissenschaftler tragen.

Aber vielleicht liegt auch ein Hauch Magie im

Kochen, immerhin nimmt man all die unscheinbaren Zutaten und verwandelt sie in Wohlbehagen und schöne Erinnerungen. Denn als meine Mom durch die Tür kommt, schnuppert sie erwartungsvoll in die Luft.

»Irgendetwas riecht wundervoll«, sagt sie.

»Wir haben Abendessen für uns gekocht!«, rufe ich.

Mein Großvater hält ihr einen Teller hin.

»Ist das etwa…«, setzt sie an.

Mein Großvater beendet ihren Satz. »Coq au vin nach dem Rezept deiner Mutter.«

Sie isst eine Gabel, und ein Lächeln zaubert sich auf ihr Gesicht.

»Es schmeckt genau wie in meiner Erinnerung«, murmelt sie.

Seine Augen leuchten. »Ja.«

15

Der Laborant

Mein Großvater ist im Bad.

Er nimmt gerne Bücher mit, und manchmal kommt er erst nach einer Stunde wieder heraus. Scherzhaft nennt meine Mom es sein »Büro«.

Es klingelt an der Haustür, und ich öffne. Ich weiß nicht, mit wem ich gerechnet hätte, aber sicherlich nicht Raj.

»Hi, Ellie«, sagt er. Wie üblich trägt er Schwarz.

Ich lächele verhalten zurück. »Äh, hi.«

Wir stehen eine Minute schweigend da.

Raj tritt von einem Bein aufs andere. »Und, wirst du mich reinbitten?«

Ich mache einen Schritt zurück. »Oh, sicher. Komm rein!«

Er betritt unseren Flur und sieht sich im Gang um. »Ist Melvin da?«

Verwirrung steigt in mir hoch. »Du bist wegen Melvin hier?«

Bevor er eine Antwort geben kann, geht die Spülung, und mein Großvater taucht aus dem Badezimmer auf.

»Du bist zu spät«, beschwert sich mein Großvater.

»Hi, Dr. Sagarsky«, sagt er.

Ich bin sprachlos. »Du hast es ihm erzählt?«, frage ich meinen Großvater.

»Warum nicht?« Mein Großvater wedelt mit der Hand in Richtung von Rajs Ohrring. »Wer würde *ihm* schon glauben?«

»Ich hätte es selbst kaum geglaubt«, gesteht Raj. »Aber es ist erstaunlich, was man im Internet alles findet.«

Er hält uns ein Blatt Papier hin.

Es ist der Ausdruck eines alten Zeitungsartikels. Dort steht: *Junge aus Fresno gewinnt Central Valley Wissenschaftspreis.* Neben dem Artikel ist ein Foto meines Großvaters zu sehen mit der Bildunterschrift: *Melvin Sagarsky, 15 Jahre.* Er sieht exakt aus wie jetzt, abgesehen von dem Bürstenschnitt.

»Ich glaube, dir stehen die kurzen Haare besser«, sagt Raj zu meinem Großvater.

»Hab du erst mal dreißig Jahre eine Glatze, dann wollen wir mal sehen, wie schnell du dir deine Haare abschneidest, wenn du endlich wieder welche hast«, erwidert mein Großvater.

»Apropos, wusstest du, dass du einen Fanclub in Finnland hast?«

Mein Großvater drückt stolz die Brust heraus. »Sie haben jetzt T-Shirts.«

»Das habe ich gesehen«, sagt Raj. »Sobald es welche in Schwarz gibt, werde ich eines kaufen.«

»Machen wir uns an die Arbeit«, sagt mein Großvater.

»Arbeit?«, wiederhole ich.

»Er hat mich eingestellt«, antwortet Raj.

Ich drehe mich zu meinem Großvater. »Du bezahlst ihn?«

Mein Großvater sieht mich mit unbeteiligter Miene an. »Ich habe viel Geld. Fang mit Sparen an, es lohnt sich. Zinseszinsen sind eine tolle Sache.«

»Aber warum *er*?«

»Er verfügt über alle Qualifikationen, die ein Laborant benötigt.«

»Oh«, sage ich und bin irgendwie gekränkt. Ich dachte, *ich* wäre seine Laborantin.

Raj wirft mir ein ironisches Lächeln zu. »Einen älteren Bruder mit einem Auto.«

Mein Großvater hat einen Plan, wie wir ins Gebäude vierundzwanzig gelangen, und der hört sich an, als wäre er aus einem Spionagefilm abgeguckt.

Wir fahren abends hin, wenn nur wenige Leute arbeiten – hauptsächlich ein paar Laboranten, die Experimente durchführen. Und natürlich der Wachmann. Aber mein Großvater hat ihn diesmal mit einkalkuliert. Raj wird am Haupteingang klingeln und ein Ablenkungsmanöver starten. Während der Wachmann beschäftigt ist, wird mein Großvater mit seiner Schlüsselkarte durch die Hintertür schlüpfen und sich den *T. melvinus* schnappen. Rajs Bruder wird das Fluchtauto fahren.

»Ein perfekter Plan«, sagt mein Großvater. »Und viel bequemer, als mit all diesen Bussen zu fahren.«

Er wählt einen Abend, an dem meine Mutter bis spät Probe hat, sodass sie nichts von unseren kriminellen Machenschaften mitbekommt. Ich habe mich in mein Zimmer verkrochen und betrachte im Internet mikroskopische Aufnahmen von Bakterien. Ich will mehr über diese Käse-Sache herausfinden. Bakterien sind auf eine sonderbare Art schön. Manche von ihnen sind zylindrisch, andere spiralförmig, wiederum andere kreisrund. Sie haben beeindruckende Namen: *Escherichia coli. Bacillus megaterium. Helicobacter pylori.* Es gibt sogar eine Bakterie, die nach Pasteur benannt ist: *Pasteurella multocida.* Ich denke über meinen Großvater und die Qualle nach und bin ein bisschen eifersüchtig. Irgendwie will ich, dass auch etwas nach mir benannt wird.

Meine Zimmertür wird aufgerissen, und mein Großvater steht im Rahmen, von Kopf bis Fuß in Schwarz gekleidet. Er hat den Kleiderschrank meiner Mutter geplündert und trägt ihr Lieblings-T-Shirt und eine schwarze Lederjacke aus ihrer »Punkzeit« im College. Selbst seine Beine sind schwarz.

»Sind das Moms Leggings?«, frage ich ihn.

»Nennt man das so?« Er treibt mich zur Eile an. »Wir müssen los. Unsere Mitfahrgelegenheit ist da.«

Der Motor eines Autos läuft an unserem Gehsteig im Leerlauf, mit Rajs Bruder am Steuer. Wir steigen ein, und Raj stellt uns vor.

»Das ist mein Bruder Ananda«, sagt Raj. »Das sind Melvin und Ellie.«

Ananda nickt nur und dreht das Radio lauter.

»Übrigens, ich muss um halb zehn zu Hause sein«, sagt Raj. »Morgen ist Schule.«

»Die Aktion sollte nicht lang dauern«, sagt mein Großvater und hält unsere Kühlbox hoch. »Wir schnappen uns rasch den *T. melvinus* und verschwinden.«

Die Fahrt dauert viel kürzer als mit dem Bus. Als wir Gebäude vierundzwanzig erreichen, steht nur ein einziges Auto auf dem Parkplatz. Wir fahren vorbei und parken am anderen Ende der Straße.

Mein Großvater reicht Raj eine Skimaske und zieht sich dann seine eigene über den Kopf.

»Ist das dein Ernst?«, fragt Raj.

»Sie haben Überwachungskameras.«

»Na großartig«, murmelt Raj.

Die beiden verschwinden in der Dunkelheit, und Ananda und ich sitzen schweigend da, während wir Radio hören.

Seine Augen treffen meine im Rückspiegel.

»Machst du so etwas öfter?«, fragt er mich.

»Das ist mein erstes Mal«, erwidere ich.

Wir müssen nicht lange warten. Mein Großvater und Raj rennen auf unser Auto zu und springen hinein.

»Fahr los!«, schreit mein Großvater, und wir düsen davon.

»Hast du ihn?«, frage ich meinen Großvater.

»Ich bin nicht mal reingekommen!«, herrscht er mich an.

Raj sieht zu mir. »Seine Schlüsselkarte funktioniert nicht mehr. Vermutlich ist sie deaktiviert worden.«

Den ganzen Rückweg über schimpft mein Großvater leise vor sich hin.

Als sie uns absetzen, beugt sich Raj aus dem Fenster und ruft meinem Großvater zu: »Ich will trotzdem mein Geld.«

Am nächsten Morgen will meine Mutter wissen: »Hast du meine schwarzen Leggings gesehen? Ich kann sie nirgends finden.«

»Frag Grandpa«, sage ich.

Ihre Augen werden zu Schlitzen. »Das will ich jetzt gar nicht wissen.«

16

Pantoffeln

Es ist Samstagmorgen acht Uhr, und mein Großvater geht ungeduldig in der Diele auf und ab. Er ist seit halb sieben wach und komplett angezogen. Das weiß ich, weil ich genauso bin: Ich stehe an Samstagen auch früh auf. Vielleicht ist das ein Wissenschaftler-Ding, denn meine Mom schläft immer lang aus.

»Wann fahren wir los?«, ruft er, und seine Stimme hallt im ganzen Haus wider.

Er will seinen Computer und ein paar andere Dinge aus seiner Wohnung holen. Meine Mom hat ihm versprochen, dass wir am Wochenende hinfahren.

»Rom wird wieder fallen, bis du endlich in die Gänge kommst!«

Meine Mum trampelt in ihrem Pyjama den Korridor entlang. Sie ist ein echter Morgenmuffel.

»Könntest du dich einfach entspannen?«, faucht sie. »Ich brauche erst einmal meinen Kaffee.«

Es ist nach zehn, als wir schließlich im Auto sitzen und zur Wohnung meines Großvaters fahren. Ich schaue aus dem Fenster, während wir den Highway entlangdüsen. Wir kommen an einem Schild für eine Biotechnik-Firma vorbei. Dort steht: WIR SIND DIE ZUKUNFT DER MEDIZINISCHEN FORSCHUNG, und darunter ist ein Bakterium abgebildet, das ich kenne.

»Sieh nur! Ein *Escherichia coli*!«, sage ich zu meinem Großvater.

»Ganz genau«, sagt er.

»Was ist das?«, fragt meine Mutter.

»Das ist ein Bakterium«, erkläre ich ihr.

Sie wirft meinem Großvater einen raschen Blick zu. »Hast du meine Tochter einer Gehirnwäsche unterzogen?«

»Deine Tochter zeigt Interesse an Wissenschaft. Sie scheint Talent zu haben. Du solltest sie darin unterstützen.«

Ein Anflug von Stolz überkommt mich. Vielleicht hat dieser Teil von mir – dieser Wissenschaftsteil – immer in mir gesteckt, wie die Samen eines Apfels. Ich brauchte nur jemanden, der sie goss, ihnen beim Wachsen half. Jemanden wie meinen Großvater.

Als wir vom Highway abbiegen, bittet mein Großvater meine Mom: »Fahr bei unserem alten Haus vorbei.«

Er wohnt jetzt in einem Apartmentblock, aber als meine Großmutter noch lebte, wohnten sie in einem Haus. Dort ist auch meine Mutter aufgewachsen.

Meine Mom parkt neben einer Art Fachwerkhaus mit großen Lavendelbüschen vorne im Garten. In der Auffahrt steht ein Dreirad.

»Der Lavendel deiner Mom ist noch da«, sagt mein Großvater.

»Sieht aus, als hätten sie die Fenster ausgewechselt«, bemerkt meine Mom.

»Deine Mutter wäre begeistert«, sagt er, und aus irgendeinem unerfindlichen Grund brechen beide in Gelächter aus.

Ich weiß nicht, ob die Erinnerungen, die ich an meine Großmutter habe, echt sind, oder ob sie mir nur so viele Male erzählt worden sind, dass ich sie für echt halte. Wie sie Stäbchen in den Haaren trug und das Loch in meiner Babydecke stopfte, das ich hineingebissen hatte, sodass sie wie neu aussah. Woran ich mich jedoch erinnere, ist ein Gefühl: Es wurde weniger geschrien und mehr gelacht, als sie noch bei uns war.

»Es ist schön, dass eine Familie dort wohnt«, sagt meine Mom. »Das Leben geht weiter.«

Mein Großvater starrt einfach zum Haus.

Ich war schon eine Weile nicht mehr in der Wohnung meines Großvaters.

»Fühlt sich an, als würde man direkt ins Jahr 1975 spazieren«, murmelt meine Mutter leise.

Die Möbel sind alt. Es gibt eine gelb-orange Velourscouch, die mit einer Plastikhülle geschützt ist, und einen farblich passenden, verstellbaren Lehnsessel. Ich erinnere mich, mit dem Sessel gespielt zu haben, als ich klein war, an dem hölzernen Griff gezogen und mich immer wieder zurückgelehnt zu haben.

»Mal im Ernst, Dad«, sagt meine Mom und fährt mit der Hand über das Sofa. »Vielleicht solltest du wirklich über eine neue Couch nachdenken.«

»Ich mag diese Couch«, sagt er. »Ich will sie nicht wegwerfen. Deine Mutter hat sie ausgesucht.«

Überall sind wissenschaftliche Zeitschriften gestapelt und kleine Porzellanfigürchen von pausbäckigen Kindern aufgereiht, die meiner Großmutter gehörten. Auf allem liegt eine dünne Schicht Staub.

Ich spaziere hinüber in die Küche. Auf der Anrichte steht eine riesige Keksdose in Form einer braunen Eule. Ich hebe den Deckel hoch und spähe hinein. Statt Keksen ist sie mit Sojasaucen-Päckchen gefüllt. Damit habe ich wohl das Geheimnis der vielen eingesteckten Sojasaucen-Päckchen gelüftet.

Mein Großvater geht zu seinem Sekretär und öffnet ihn. Er beginnt, Papiere und Notizbücher zusammenzusuchen.

»Ellie«, befiehlt er mir, »im Schlafzimmerschrank ist ein Koffer. Hol ihn mir.«

»Okay«, sage ich.

Das Schlafzimmer ist genau, wie ich es in Erinnerung habe, die Möbel sind weiß gestrichen mit dunklen Knäufen. Die gesteppte Tagesdecke ist geblümt und glänzt leicht. Es gibt zwei Kommoden, für sie und ihn. Die Kommode meiner Großmutter sieht aus, als wäre sie abgestaubt worden, und auf der Ablage steht eine Vase mit getrocknetem Lavendel. Die Kommode meines Großvaters hingegen ist bis obenhin mit Zeug vollgestopft: einem Weckglas voller Münzen, einem gerahmten Hochzeitsfoto von ihm und meiner Großmutter, stapelweise Rechnungen, Kugelschreibern mit dem Logo der hiesigen Bank, Zahnstochern, Zahnseide, zwei Brillen, unzähligen Knöpfen und gefalteten Stofftaschentüchern.

Inmitten des ganzen Chaos lugt eine alte, ausgebleichte Glückwunschkarte neben einem Teddybären heraus. Vorne drauf steht in schnörkeliger Schrift: *Alles Gute zum Hochzeitstag*. Die Handschrift im Innern der Karte erkenne ich sofort wieder, es ist dieselbe wie in der Rezeptbox:

Für Melvin,
Alles Gute zum ersten Hochzeitstag!
Deine errötende Ehefrau
Mona

Ich gehe zum Schrank und hole den Koffer heraus. Er purzelt auf den Boden, und der Deckel klappt auf. Während ich den Reißverschluss zuziehe, springt mir etwas ins Auge. Ich fühle mich wie eine Wissenschaftlerin, die eine Entdeckung macht, nur dass es weder ein Impfstoff noch eine Bombe ist. Es sind ein Paar flauschige pinke Pantoffeln.

Sie stehen fein säuberlich aufgereiht unter dem Bett, als würden sie nur darauf warten, dass ihre Besitzerin jeden Moment hineinschlüpft.

11

Das Gesetz der Freundschaft

Viele Köpfe drehen sich um, als mein Großvater über den Mittagshof stürmt.

Er hasst es, Wäsche zu waschen, und ist dazu übergegangen, sich aus dem Kleiderschrank meiner Mutter zu bedienen, wenn ihm die sauberen Klamotten ausgehen.

Heute trägt er ihre pinke Jogginghose und ein *Phantom der Oper*-T-Shirt.

»Ich kann nicht glauben, dass das hier auf der Leseliste steht«, schnaubt er und hält ein Buch hoch – *Der Fänger im Roggen*.

»Was stimmt damit nicht?«, frage ich.

Er stürzt sich auf die Überreste meiner Pommes.

»Dieser Holden macht doch nichts anderes als jammern. Er sollte sich einfach einen Job suchen.«

»Ich habe es noch nicht gelesen«, sage ich, obwohl meine Mom die ganze Zeit von dem Buch schwärmt. Holden Caulfield ist einer ihrer Helden.

»Das ist auch völlig unnötig«, sagt mein Großvater. »Du solltest lieber die Klassiker lesen.«

»Ich denke, das *ist* ein Klassiker.«

»Ich bitte dich. Ich bezweifle stark, dass Newton seine Zeit mit diesem Schwachsinn vergeudet hätte.«

»Newton? Du meinst den Keks-Newton?«

»Nein! Isaac Newton! Der Vater der modernen Physik!«

Meine Augen gleiten an ihm vorbei zur Mittagessensschlange, wo Brianna gerade bezahlt. Sie steht inmitten einer Traube Volleyballspielerinnen. Es muss eine Art Teamspirit-Tag sein, denn sie tragen alle ihre Trikots und haben sich albern geschminkt.

»Isaac Newton stellte die drei Gesetze der Bewegung auf«, sagt mein Großvater und deutet zu der Plastikgabel auf seinem Tablett. »Das erste Gesetz besagt, dass ein Gegenstand, der sich im Ruhezustand befindet, im Ruhezustand bleibt, und ein Gegenstand in Bewegung auch in Bewegung bleibt, *außer* eine Kraft von außen wirkt auf ihn ein.«

Er haut auf die Gabel, und sie hüpft hoch.

»Was in diesem Fall meine Hand war«, erklärt er.

War es Wissenschaft, die Brianna und mir widerfahren war? Waren wir zwei Gegenstände in Bewegung, die durchs Weltall schwirrten, ehe uns eine äußere Kraft – Middle School, Volleyball oder das Leben – traf?

Während mein Großvater weiterschwadroniert,

frage ich mich verwundert: Sollte es nicht ein »Gesetz der Freundschaft« geben, etwas in der Art, dass wenn du praktisch dein ganzes Leben mit jemandem befreundet warst, du damit nicht einfach aufhören und deine Richtung ohne die andere Person ändern darfst?

Die Stimme meines Großvaters holt mich in die Gegenwart zurück.

»Und das sind Newtons Grundgesetze der Bewegung in der Nussschale«, beendet er seine Ausführungen. »Jetzt hast du die Grundlage der Physik erlernt, Ellie. Fühlst du dich nicht gleich schlauer?«

Ich starre ihn an.

Raj kommt auf unseren Tisch zu und beäugt meinen Großvater.

»Dein neuer Look ist cool, Doc«, sagt er.

Apropos neuer Look, Raj hat ein weiteres Piercing: eine silberne Kugel unter der Unterlippe.

Mein Großvater schüttelt den Kopf.

»Warum tust du dir das an? Du wirst dir eine schreckliche Infektion einfangen. Schon mal etwas von Staphylokokken gehört?«

»Das ist Selbstdarstellung«, sagt Raj.

»Selbstdarstellung? Wirklich?«, spottet mein Großvater. »Ich werde gleich Harvard anrufen.«

Raj kommt nach der Schule mit zu uns nach Hause. Wir sitzen um mein Puzzle am Küchentisch. Mein Großvater hat in letzter Zeit daran gearbeitet. Manchmal, wenn wir fernsehen, springt er plötzlich auf, hastet zum Puzzle, nimmt ein Teil und setzt es ein. Fast wirkt es so, als hätte er die ganze Zeit darüber nachgedacht.

Mein Großvater wirft Raj einen abschätzenden Blick zu. »Kennst du nicht zufällig irgendeinen zwielichtigen Kerl, der uns helfen könnte, in Gebäude vierundzwanzig einzubrechen?«

Raj starrt ihn an. »Warum sollte ich so jemanden kennen?«

»War nur eine Vermutung«, sagt er mit einer Handbewegung auf Rajs schwarze Kleidung und seine Metallpiercings.

Raj sieht ihn sonderbar an.

»Na komm, streng endlich deine grauen Zellen an, wir brauchen eine Idee, wie wir da reinkommen«, befiehlt er Raj. »Ich bezahle dich nicht fürs Nichtstun.«

Dann schnappt er sich seine Ausgabe von *Der Fänger im Roggen* und trampelt aus der Küche.

Raj dreht sich zu mir. »Wohin geht er?«

»Aufs Klo. Das könnte eine Weile dauern.«

Ich wärme uns ein paar Burritos auf. Wie sich herausstellt, liebt Raj sie genauso wie ich. Wir setzen uns zum Essen an den Bartisch und stellen Listen auf, wie wir ins Labor einbrechen könnten. Unsere Ideen sind Quatsch – etwa uns selbst in einem Paket zum Labor zu schicken oder mit einem Fallschirm abzuspringen.

Aber sonderbarerweise fühlt sich dieses Herumalbern total behaglich an. Ich frage mich, ob es bei Oppenheimer und seinem Team aus Wissenschaftlern auch so war, als sie an der Bombe arbeiteten. Hockten sie Burritos essend zusammen und hatten dann plötzlich eine zündende Idee?

»Wir brauchen einen Namen«, sage ich zu Raj.

Er hebt eine Augenbraue, und ich erkläre es ihm.

»Wie damals bei dem Manhattan-Projekt. Als sie die Atombombe entwickelt haben.«

Wir probieren ein paar Namen aus (das Melvin-Sagarsky-Projekt, das Quallen-Projekt, das Raj-und-Ellie-sind-total-cool-Projekt). Und dann schnalzt Raj mit den Fingern.

»Ich hab's«, ruft er und zeigt auf seinen Teller. »Das Burrito-Projekt.«

Mein Großvater platzt in die Küche und schreit: »Sie haben meinen E-Mail-Account geschlossen!«

»Wer?«

Er ist entrüstet. »Meinen E-Mail-Account im Labor! Jemand hat meinen Account geschlossen. Ich kann meine E-Mails nicht mehr abrufen!«

»Schreck lass nach«, sagt Raj. »Aber du kannst einfach einen neuen E-Mail-Account erstellen. Die kosten nichts. Ich habe sogar einen für meine Großmutter eingerichtet.«

Doch mein Großvater ist außer sich. »Darum geht es doch nicht! All meine Kontakte sind dort gespeichert! Der Taucher, der den *T. melvinus* gefunden hat! Ich weiß nicht einmal seinen Nachnamen! Ich weiß nichts, außer dass er Billy heißt und Australier ist. Habt ihr auch nur einen blassen Schimmer, wie viele Billys es in Australien gibt?«

Raj und ich tauschen einen Blick aus.

»Viele?«, rate ich.

Mein Großvater schäumt vor Wut. »Ich wette, es war dieser Terrence, der in dem protzigen Anzug. Er hat mir ständig gesagt, ich soll mein Zeug aus dem Labor räumen. So ein Schnösel! Für wen hält der sich? Ich habe ihm Jahre an Erfahrung voraus! Ach was, Jahrzehnte!« Er wedelt mit *Der Fänger im Roggen* wie mit einer Waffe in der Luft. »Er ist wie dieser Holden! Ein Wichtigtuer!«

Einen Herzschlag lang ist es still.

Da sagt Raj: »Du liest *Der Fänger im Roggen*? Das ist ein echt gutes Buch.«

18

Diplome

Ben führt uns alle zum Essen aus. Mein Großvater besteht darauf, ein Jackett und eine Krawatte zu tragen, obwohl wir nur zum Mexikaner um die Ecke gehen.

»Das nenne ich mal ein modisches Statement«, sagt meine Mutter.

»Was? Machen sich die Leute heutzutage fürs Restaurant nicht mehr fein?«, kontert er.

Als wir beim Mexikaner ankommen, ist Ben noch nicht da, weshalb wir uns einen Tisch im hinteren Teil aussuchen. Ich liebe die Burritos dort.

»Er hat heute wohl die Spendierhosen an, hm?«, sagt mein Großvater mit einem Blick auf den Linoleumboden und das Gesteck aus Plastikblumen. »Wir hätten einfach zum Chinesen gehen sollen.«

»Hier kannst du kostenlos Pommes nachbestellen«, erkläre ich ihm.

»Oh là là«, sagt mein Großvater. »Wie nobel!«

Meine Mutter funkelt ihn an, und dann klingelt die Türglocke, und ihr Gesicht erhellt sich. Ben spaziert herein, in einem dunklen Anzug und einer Krawatte.

»Siehst du?«, murmelt mein Großvater. »Er trägt ein Jackett nebst Krawatte!«

»Tut mir leid, dass ich spät bin«, entschuldigt sich Ben. »Eine Besprechung mit Geschäftskunden.«

Die Kellnerin kommt und nimmt unsere Bestellung auf. Ich nehme dasselbe wie immer – einen Burrito. Meine Mutter und Ben nehmen beide Fisch-Tacos. Mein Großvater will eine Quesadilla, drei Rindfleisch-Tacos, Hühnchen-Fajitas mit Reis und Bohnen als Beilage und eine Portion Guacamole.

Als die Bedienung unser Essen bringt, nimmt die Bestellung meines Großvaters die Hälfte des Tisches ein. Er fängt sofort an zu essen und arbeitet sich methodisch durch die diversen Gerichte. An Ben nagt offenbar ein wenig die Eifersucht.

»In deinem Alter war ich auch so«, erklärt Ben meinem Großvater und klopft sich auf den Bauch. »Jetzt muss ich aufpassen.«

Mein Großvater wirft ihm nur einen raschen Blick zu und schaufelt sich eine weitere Gabel voll Essen in den Mund.

»Und, Melvin, wie gefällt es dir auf deiner neuen Schule?«, löchert Ben meinen Großvater.

Mein Großvater sieht nicht einmal auf. Er zieht das gesamte Register des schmollenden Teenagers.

Meine Mom räuspert sich.

»Ich bin wenig beeindruckt«, sagt er schließlich. »Meines Erachtens lässt der Lehrplan etwas zu wünschen übrig.«

Ben wirkt überrascht. »Wirklich?«

»Melvin war auf seiner früheren Schule in einem Programm für Hochbegabte«, improvisiert meine Mom. »Er ist ein anspruchsvolleres Pensum gewöhnt.«

Mein Großvater rülpst lautstark.

»Melvin!«, zischt meine Mutter.

»Was?«, sagt er.

»Sei nicht so ungehobelt!«

»Ich bin nicht ungehobelt, es sind die Bakterien.«

Meine Mutter starrt ihn an. »Was?«

»In meinem Magen gibt es Bakterien, die mir beim Verdauen helfen«, erklärt er. »Während dieses Prozesses entsteht Gas. Das ist der Grund, warum man rülpst.«

»Und furzt?«, frage ich.

Er nickt. »Ganz genau.«

Meine Mutter stöhnt, aber Ben lacht und sagt: »Wie es aussieht, lernst du *doch* etwas in der Schule, Melvin.«

»Wo bist *du* eigentlich zur Uni gegangen?«, fragt mein Großvater Ben unverblümt.

»Melvin«, droht meine Mutter mit warnendem Unterton.

»Lass ihn ruhig Fragen stellen«, sagt Ben gutmütig. »Ich mag wissbegierige Menschen. Mein Vordiplom habe ich in Harvard gemacht.«

»Davon habe ich gehört«, sagt mein Großvater und dreht gedankenverloren den Ring an seinem Finger.

»Und meinen Doktor am MIT.«

Mein Großvater wirkt leicht beeindruckt. »Für wen arbeitest du jetzt?«

»Ein Start-up in Silicon Valley«, sagt Ben. »Wir produzieren Videospiele.«

»Videospiele? Du warst in Harvard und am MIT, und das ist alles, was du jetzt tust?«

Ben nickt und nimmt eine Pommes.

Mein Großvater schüttelt den Kopf. »Was für eine Verschwendung von Diplomen«, sagt er.

»Es ist ein unglaublich kreatives Feld«, sagt Mom zu Bens Verteidigung.

»O ja, wenn es etwas mit Kreativität zu tun hat, dann ist es *natürlich* wundervoll«, spottet mein Großvater.

Meine Mutter reibt sich die Stirn, als hätte sie Migräne.

»Warst du schon einmal verheiratet?«, fragt mein Großvater Ben.

Ben blinzelt. »Nein.«

»Kinder?«

»Nicht dass ich wüsste«, antwortet Ben.

»Ich denke, das reicht, Melvin«, warnt meine Mutter mit leiser Stimme.

»Einen Moment noch«, sagt mein Großvater. »Eine letzte Frage.«

»Ja?«, sagt Ben.

»Was genau sind deine Absichten …«

Meine Mutter fährt ihm rasch über den Mund. »Melvin!«

Da zeigt mein Großvater auf Bens Teller.

»… für diesen letzten Taco?«, beendet mein Großvater seinen Satz mit einem Grinsen.

19

Flaschengeist

Meine Mom fährt mit mir zum Supermarkt. Man muss fast schon Ellbogen einsetzen, um sich durch die Demonstrantenmenge vor dem Safeway zu arbeiten.

Am Eingang stehen immer Leute mit Schildern und protestieren für oder gegen einen bevorstehenden Bürgerentscheid. Sie alle kämpfen mit den Tierschutzorganisationen und der Heilsarmee um die besten Plätze.

Wir holen uns einen Einkaufswagen, und als wir endlich fertig sind, ist er turmhoch beladen. Wir haben früher nie so viel Essen eingekauft, als wir nur zu zweit waren. Eine Packung Eis reichte eine ganze Woche, doch mein Großvater verschlingt sie mit einem Mal.

»Dein Großvater frisst mir noch die Haare vom Kopf«, beschwert Mom sich, während wir in der Schlange vor der Kasse warten.

»Zumindest musst du keinen Babysitter bezahlen«, erwidere ich.

»Und er treibt mich mit dieser Mülleimersache noch in den Wahnsinn.«

Ich sehe sie an. »Wusstest du, dass er einen Fanklub hat?«

»Er hat einen Fanklub?«

Ich nicke. »In Finnland.«

Erstaunt schüttelt sie den Kopf. »Unglaublich. Treibt er die auch in den Wahnsinn?«

»Ich finde es schön, dass er da ist«, sage ich.

»Das ist mir schon aufgefallen«, erwidert sie. »Ihr zwei seid wie Rosenkranz und Güldenstern. Apropos, wir haben von der letzten Theaterproduktion etwas Farbe übrig, falls du und Brianna wieder Handabdrücke machen wollt.«

Ich zögere. »Ich weiß nicht, ob überhaupt noch mal was daraus wird.«

Meine Mom sagt nichts, sondern sieht mich nur eindringlich an.

Dann wechselt sie das Thema. »Irgendwie ist es lustig, dass du dich für all dieses wissenschaftliche Zeug interessierst. Ich habe es gehasst. Dein Großvater hat mich als Kind manchmal in sein Labor mitgeschleppt.«

»Was hast du da gemacht?«, frage ich.

»Die Reagenzgläser ausgewaschen.«

Für mich klingt das nach Spaß. »Gab es coole Experimente?«

»Es war alles schrecklich langweilig, das war das Problem«, erklärt meine Mom. »Keine Gefühle, keine Begeisterung, kein Drama!«

Aber ich weiß, dass sie sich in diesem Punkt irrt. »Es gibt sehr viel Drama in der Wissenschaft.«

»Wirklich? Ein Haufen langweiliger Menschen, die in weißen Laborkitteln herumstehen.«

»Sie sind nicht langweilig! Sie stecken voller Leidenschaft! Von der du immer redest!«

Sie hebt eine Augenbraue, und ich will, dass sie es versteht.

»Wir waren gerade dabei, den Zweiten Weltkrieg zu verlieren, da haben Oppenheimer und all diese Wissenschaftler die Atombombe entwickelt und waren die Rettung in letzter Not. Das ist doch ziemlich dramatisch, oder?«

Sie nickte widerwillig.

»Oder diese Geschichte mit Salk. Kinder sind an der Polioepidemie gestorben, und alle hatten Angst vor der Krankheit. Jonas Salk und sein Team von Wissenschaftlern waren der Meinung, dass es möglich sein muss, sie zu stoppen, und so haben sie Tag und Nacht an einem Impfstoff gearbeitet. Und sie haben es geschafft!«

Ihr Gesicht nimmt einen weicheren Ausdruck an. »Du weißt ganz schön viel darüber«, sagt sie.

Da könnte sie recht haben.

»Trotzdem fehlt diesen Geschichten eine Prise Romantik«, erklärt meine Mom.

»Es gibt sehr viel Romantik«, beharre ich.

Sie wirkt verwirrt. »Wirklich? In wen sind sie verliebt?«

»In das Mögliche.«

Nachdem wir alle Tüten in den Kofferraum geladen haben, schiebe ich den Einkaufswagen zurück zum Supermarkt. Ich verlangsame meinen Schritt, als ich an den Tischen der Demonstranten vorbeikomme, überrascht, meinen Chemielehrer hinter einem zu sehen. Ein Schild klebt an dem Tisch, auf dem steht: NUKLEARWAFFEN SOFORT VERNICHTEN.

»Hi, Ellie«, sagt Mr. Ham.

Es ist immer komisch, einem Lehrer zufällig in die Arme zu laufen, wenn er nicht seine Schulkleidung trägt. Mr. Ham hat heute keine Krawatte umgebunden. Stattdessen trägt er ein T-Shirt mit dem Aufdruck ATOMKRAFT, NEIN DANKE, eine Shorts und knallblaue Sneakers.

»Warst du einkaufen?«, fragt er mich.

»Mit meiner Mom. Was tun Sie hier?«

»Oh, ich unterstütze ein paarmal im Jahr ehrenamtlich diese Organisation.« Er setzt ein eifriges Gesicht auf. »Könnte ich dich vielleicht für eine Broschüre interessieren, Miss Cruz?«

»Bekomme ich dafür Extrapunkte?«, frage ich.

»Natürlich«, sagt er lächelnd.

Ich erkenne das Foto mit der Pilzwolke auf der Broschüre wieder. Aber daneben ist noch ein Bild von einer zerbombten Stadt zu sehen. Die Überschrift lautet: »Hiroshima: Der Krieg beginnt.«

»Aber die Atombombe hat den Krieg beendet«, sage ich verwirrt.

Mr. Ham wirft mir einen fragenden Blick zu. »Wirklich? Oder wird sie einen noch größeren Krieg anzetteln? Weil wir immer auf die nächste Bombe warten, die abgeworfen wird. Du kannst den Flaschengeist nicht zurück in die Flasche stopfen.«

Ich höre ein Hupen. Meine Mom hält am Bordstein.

»Ich glaube, deine Mitfahrgelegenheit wartet«, sagt er.

Nachdem ich eingestiegen bin, drehe ich mich zu Mr. Ham zurück. Er winkt mir kurz zu.

Als ich am nächsten Morgen zum Frühstück hinuntergehe, sind meine Mom und mein Großvater bereits in der Küche.

»Ich dachte, ich hätte dir gesagt, dass du die Mülleimer nicht schon nachts rausstellen sollst!«, faucht ihn meine Mom an.

»Was?«, sagt er. »Du solltest dankbar sein, dass ich dir Arbeit abgenommen habe.«

»Es gibt einen Grund, weshalb ich es morgens mache«, sagt sie. »Komm mit.«

Wir folgen ihr nach draußen. Die Tonnen stehen neben dem Bürgersteig, die Deckel sind aufgerissen. Widerlich schimmelnder, stinkender Müll ist von enthusiastischen Tieren über die ganze Straße verteilt worden.

»Hier gibt es Waschbären!« Sie verengt die Augen zu Schlitzen. »Vielleicht kann dir dein finnischer Fanklub helfen, die Sauerei wegzumachen!«

Dann stapft sie davon.

20

Verrückte Wissenschaftler

Halloween steht vor der Tür. In diesem Jahr gehe ich zum ersten Mal nicht von Haus zu Haus, um »Süßes oder Saures« zu rufen. Die Stadt will die älteren Kinder von der Straße holen, weshalb es an Halloween abends eine Party im Jugendzentrum gibt.

Im Naturwissenschaftsunterricht stimmt uns Mr. Ham schon einmal auf das Ereignis ein. Seine Krawatte ist mit Skeletten bedruckt.

»Gehst du zur Halloween-Party?«, frage ich Momo.

Sie schüttelt den Kopf. »Ich muss mit meinem kleinen Bruder von Haustür zu Haustür ziehen.«

Beim Mittagessen frage ich Raj, ob er dabei sein wird.

»Natürlich«, sagt er. »Halloween ist die beste Nacht des ganzen Jahres. Man darf sich verkleiden.«

»Ich bitte dich«, schnaubt mein Großvater. »Für dich ist doch jeden Tag Halloween.«

Ich beschließe, auch auf die Party zu gehen, weiß

aber nicht, was ich anziehen soll. In den vergangenen Jahren haben Brianna und ich unsere Halloween-Kostüme aufeinander abgestimmt. Aber ich brauche sicher keinen Doktortitel, um zu wissen, dass wir beide dieses Jahr nicht im Partnerlook gehen werden. Meine Mom bietet mir an, mich zur Highschool mitzunehmen, damit ich einen Blick in den Kleiderfundus des Theaters werfen kann.

»Ich habe ein tolles Hippie-Kostüm von meiner Produktion von *Hair*«, erklärt sie, während ich die Kleiderständer durchgehe.

Ich schüttele den Kopf. »Das bin nicht ich.«

Für meine Eltern sind Kostüme keine große Sache. Sie sind Teil ihres Jobs, wie eine Uniform.

Doch ich finde es wichtig, was man an Halloween trägt. Es sagt etwas über dich aus – wer du bist und was du sein willst. Es muss einen Grund geben, warum so viele Mädchen als Prinzessinnen und Hexen verkleidet herumlaufen.

Ich wühle weiter, und als ich es endlich sehe, weiß ich sofort, dass es perfekt ist. Ich verstehe nicht, wieso ich nicht gleich daran gedacht habe.

Am Halloweenabend verkrieche ich mich in meinem Zimmer, um mich in Ruhe umzuziehen. Als ich meinen großen Auftritt habe, sitzen Mom und Ben bereits vorne auf der Veranda, große Schüsseln mit Süßigkeiten im Schoß. Auch sie sind verkleidet.

Mom geht als Little Bo Peep, samt Reifrock und Hirtenstab. Aber Bens Kostüm haut mich wirklich um: Er ist als Schaf verkleidet. Er trägt ein flauschiges weißes Kostüm und dazu ein Schild mit der Aufschrift: ICH HABE MICH NICHT VERLAUFEN. ICH HASSE ES NUR, NACH DEM WEG ZU FRAGEN.

»Mäh«, macht Ben.

Ich lache, doch mein Großvater schüttelt verständnislos den Kopf.

»Bist du Einstein?«, fragt mich Ben.

Ich trage einen weißen Laborkittel und eine Perücke mit weißen Haaren, die wirr zu allen Seiten abstehen. Ich habe eine Brille mit dicken Gläsern aufgesetzt und halte ein Reagenzglas mit einer grünen, im Dunkeln leuchtenden Farbe in der Hand.

»Ne, ich bin jeder x-beliebige verrückte Wissenschaftler«, sage ich.

Mein Großvater meinte, er wäre viel zu alt für Halloween, weshalb er sein gewöhnliches Outfit trägt: Polyesterhose, zugeknöpftes Hemd mit Strickjacke, schwarze Socken und Halbschuhe. Ich habe ihn überredet, einen neonorangen Haargummi zu benutzen, damit er zumindest ein bisschen nach Halloween aussieht.

»Nichts sagen«, zieht ihn meine Mom auf. »Du gehst als alter Mann.«

Mein Großvater wirft ihr einen finstern Blick zu. »Ha ha.«

Ben verteilt Süßigkeiten an Kinder, während meine Mom uns zum Jugendzentrum fährt. Wir warten draußen auf Raj und begutachten die Kostüme. Es gibt eine Menge sexy aussehender Engel und Teufel. Meine Favoriten sind zwei Kinder, die sich als Dorothy und der Blechmann verkleidet haben, außer dass die Rollen vertauscht sind: Der Junge ist Dorothy und das Mädchen der Blechmann.

»Denkst du, es gibt kandierte Äpfel?«, fragt mein Großvater.

»Auf dem Flyer steht, dass es Essen gibt. Warum?«

»Ich hatte schon seit Jahren keinen kandierten Apfel mehr«, sagt er.

Raj kommt auf uns zu, und er trägt kein bisschen Schwarz. Vielmehr hat er eine grüne Chinohose und ein pinkfarbenes Poloshirt mit aufgestelltem Kragen an. Ein weißer Pullover ist um seine Schultern geschlungen, und sein Gürtel ist mit Walen bedruckt. Seine schwarzen Doc Martens hat er gegen braune Lederhalbschuhe ohne Socken eingetauscht, seine Haare sind blond gefärbt und nach hinten gekämmt. Ohne seine Piercings hätte ich ihn fast nicht erkannt.

»Als was gehst du?«

Er steckt die Hände in die Hosentaschen und stellt sich lässig hin.

»Als versnobter Preppy«, sagt er.

Ich lache.

Mein Großvater wechselt betreten von einem Bein aufs andere. »Und, was tun wir jetzt?«

»Ich denke, das Ziel ist, Spaß zu haben«, sage ich.

»Spaß? Was für eine Zeitverschwendung«, grummelt er.

Wir bezahlen und gehen hinein. Es ist dunkel, und Musik dröhnt aus der Stereoanlage. Schwarzlicht und orangefarbene Neondekorationen blitzen auf. Diskokugeln hängen an der Decke, und es gibt sogar eine Nebelmaschine.

Mein Großvater geht schnurstracks zum Büffet, und wir trotten gemächlich hinterher.

»Keine kandierten Äpfel«, meckert er. »Das ist ein Armutszeugnis, wenn man an Halloween keine kandierten Äpfel kriegt.«

Mich überkommt ein Anflug von Beklommenheit, nun, da ich hier bin. Ich bin keine große Tänzerin, obwohl ich Ballett-, Stepp- und Jazzunterricht genossen habe (meine Eltern glauben fest daran, dass jeder am Theater tanzen können sollte). Ich mag es nicht, im Rampenlicht zu stehen. Ich verkrampfe dann immer und zerbreche mir den Kopf darüber, was ich mache und wie ich dabei aussehe. Es ist schwer, sich zu entspannen, wenn dich jeder beobachtet.

Ein Gute-Laune-Popsong ertönt.

»Willst du tanzen?«, fragt Raj.

»Meine Tanztage sind längst vorbei«, erwidert mein Großvater.

»Nicht du«, verdeutlicht Raj. »Ellie.«

Meine Wangen werden heiß.

»Sicher«, flüstere ich.

Ich weiß nicht, ob es an der Musik oder der Dunkelheit oder dem Kostüm liegt, das mir Sicherheit gibt, aber die Nervosität, die mich normalerweise packt, wenn ich eine Tanzfläche betrete, ist wie weggeblasen, und ich bemerke, wie ich neben Raj ausgelassen hüpfe und herumwirble.

Die Musik dröhnt wie ein Pulsschlag durch den Boden und ist so laut, dass man nicht nachdenken kann. Es fühlt sich wie der Brandungssog des Meeres an, von dem ich einfach mitgerissen werde, während sich alles auf die Sinne reduziert. Die klebrige Hitze der Luft. Die Berührung eines Ellbogens. Das Aufblitzen eines Stroboskoplichts.

Ich bin eine Qualle im dunklen Meer, leuchtend und hell, die nur darauf wartet, entdeckt zu werden.

Als die Musik endet, trifft mein Blick den von Raj, und wir grinsen uns keuchend an.

Dann schaue ich mich suchend nach meinem Großvater um. Er sitzt zusammengesackt auf einem Stuhl in der hinteren Ecke des Saals, mit dem Kopf auf der Brust. Tief und fest schlafend.

Wie ein alter Mann.

21

Kerzen

Als ich aufwache, hüpfen knallbunte Heliumballons an meiner Decke, und ich bin nicht mehr elf. Zwar bin ich weder über Nacht gewachsen, noch habe ich mich irgendwie körperlich verändert, aber ich fühle mich anders. Alles fühlt sich nach *mehr* an.

Meine Mom kommt mit dem Telefon in der Hand herein.

»Es ist dein Dad«, sagt sie und reicht es mir.

»Alles Gute zum Geburtstag aus Houston!«, ruft er ins andere Ende der Leitung. »Wie fühlt es sich an, das betagte Alter von zwölf erreicht zu haben?«

»Großartig!«, sage ich.

»Weißt du, was Shakespeare über das Altern gesagt hat?«

»Was?«

»*Wenn das Alter eintritt, geht der Verstand zu Ende.*«

»Oh«, sage ich. »Häh?«

»Das ist aus *Viel Lärm um nichts*«, erklärt er. »Er meint, wenn du alt wirst, geht es mit deinem Verstand bergab.«

»Das ist gut.«

»Gut?«

»Na sicher. Zumindest habe ich jetzt eine Entschuldigung, wenn mein nächstes Zeugnis nicht so toll ausfällt.«

Er lacht.

Als ich meinen Spind in der Schule aufsperre, wartet dort eine Geburtstagskarte von Brianna auf mich. Ich komme nicht umhin, mir das letzte Jahr vor Augen zu halten, als sie meinen Tisch mit Krepppapier und Blumen geschmückt und eine ganze Schachtel Cupcakes mitgebracht hat. Die Karte wirkt im Vergleich ein bisschen armselig.

Aber der Tag wird besser.

Beim Mittagessen überreicht mir Raj ein Geschenk mit einer rosa Schleife.

»Hey«, sagt er. »Alles Gute zum Geburtstag.«

»Woher wusstest du davon?«, frage ich.

Mein Großvater tippt sich an die Brust. »Ich habe es ihm natürlich erzählt.«

Ich öffne die Schachtel und grinse. Es ist ein Burrito von meinem Lieblingsmexikaner.

»Das ist toll! Danke!«, rufe ich.

Er errötet ein bisschen und sieht weg.

»Als ich ein Kind war, wurde nicht so viel Tam-

tam um Geburtstage gemacht«, sagt mein Großvater über den Tisch hinweg. »Aber ihr wollt ja alle mindestens eine Konfettiparade. In eurer Generation ist einfach alles zu viel.«

»Äh, du weißt schon, dass *du* jetzt auch Teil dieser Generation bist, oder?«, sagt Raj.

Mir ist aufgefallen, dass Erwachsene ihrem Geburtstag nicht mit der gleichen Begeisterung entgegenfiebern wie Kinder. Und meine Mom scherzt gern, dass sie aufgehört hat, ihre zu zählen. Was mich auf einen Gedanken bringt.

»Wie viele Kerzen wirst du dieses Jahr auf deinem Kuchen haben?«, frage ich meinen Großvater.

»Was?«, sagt er.

»Für deinen Geburtstag. Wegen des *T. melvinus*«, erkläre ich. »Wirst du siebenundsiebzig Kerzen haben oder, keine Ahnung, vierzehn?«

Mein Großvater blinzelt und sagt dann: »Ich glaube nicht an Geburtstage.«

Meine Mom ist etwas überrascht, als ich zu meinem Geburtstagsessen in ein französisches Restaurant will.

»Französisch? Nicht Mexikanisch?«, fragt sie.

»Französisch«, sage ich, und mein Großvater wirft mir einen anerkennenden Blick zu.

Das französische Restaurant, in das wir zum Abendessen gehen, ist klein und gemütlich. Die Servietten sind dick und gebügelt, und der Kellner wischt die Krümel mit einem extravaganten kleinen Messer vom Tisch.

Ich bestelle Coq au vin, und es schmeckt köstlich. Die Bedienung serviert zwischen jedem Gang eine Schüssel Sorbet. Aber das Beste kommt zum Schluss: Statt einer Dessertkarte rollt der Kellner einen Käsewagen herein! Wir können aus mindestens zwanzig verschiedenen Käsesorten auswählen. Pasteur wäre beeindruckt.

Dann holt Mom die Geschenke von ihr und meinem Dad heraus. Ein Geschenkgutschein von einem Haar-Accessoire-Geschäft im Einkaufszentrum. Ein Puzzle mit einem Bild eines Einhorns (eintausend Teile). Und ein Handy! Noch dazu gibt es sogar eine süße Tasche: pink mit Glitzer.

»Endlich!«, sage ich. »Danke!«

Meine Mom lächelt. »Geh weise damit um.« Dann fügt sie hinzu: »Pass auf deine Gratisminuten auf.«

Mein Großvater gibt mir sein Geschenk. Es ist eine große, in silbernes Glanzpapier verpackte Schachtel mit einer weißen Schleife. Ich reiße das Papier weg und keuche entzückt auf.

»Ein Mikroskop!«

»Es ist ein richtig gutes, fast schon professionell«, sagt mein Großvater.

Ich starre auf die Schachtel. Es fühlt sich fast an, als wäre ich offiziell in einen Geheimbund von Wissenschaftlern aufgenommen worden.

Mein Großvater weist auf die Besonderheiten des

Mikroskops hin. »Es ist binokular. Mit Halogenbeleuchtung. Vier Linsen. Ich werde dir natürlich zeigen, wie man es benutzt.«

»Vielen Dank«, sage ich, und meine Kehle fühlt sich belegt an. »Das ist das beste Geschenk, das ich jemals bekommen habe!«

»Nun«, sagt er ein wenig barsch. »Das freut mich zu hören.«

Meine Mom beobachtet diesen kurzen Wortwechsel mit belustigter Miene. »Ich dachte, das Handy wäre das beste Geschenk, das du jemals bekommen hast?«

Nach dem Abendessen bringt der Kellner einen Kuchen mit dreizehn Kerzen an unseren Tisch – zwölf rosafarbene plus einer Kerze in allen Farben des Regenbogens, die Glück bringen soll. Das gesamte Restaurant singt mir zu Ehren »Happy Birthday«.

Ich beuge mich vor und blase meine Kerzen aus. Eine weigert sich standhaft auszugehen, und ich brauche drei Anläufe, bis sie schließlich aus ist.

In dieser Nacht träume ich von Kerzen. Hunderten von Kerzen. Sie brennen und brennen immer weiter, hell leuchtend und widerspenstig.

Ohne jemals auszugehen.

22

Wachstumsschmerzen

Ein paar Tage später kommt mein Großvater morgens mit einem Fläschchen Schmerzmittel in die Küche. Er gießt sich ein Glas Wasser ein und schluckt eine Handvoll Tabletten.

»Was ist los?«, frage ich ihn.

Er ist blass, mit dunklen Schatten unter den Augen. Er sieht nicht gut aus.

»Ich habe Wachstumsschmerzen«, presst er durch zusammengebissene Zähne und deutet auf seine Beine. »Der *T. melvinus* erneuert wohl gerade meine Knochen.«

»Tut es sehr weh?«, frage ich.

»Lass es mich so sagen, jetzt weiß ich, wie es sich anfühlt, auf der Streckbank gefoltert zu werden.«

Mein Dad ist übers Wochenende zurück in der Stadt. Kurz nach dem Mittagessen steht er in abgewetzter Jeans und schwarzem T-Shirt vor der Tür und hat seinen Werkzeugkasten dabei.

»Dad!«, rufe ich und falle ihm um den Hals.

»Melde mich zum Dienst«, sagt er und hebt den Werkzeugkasten hoch. »Wie ich höre, gibt es eine Toilette, die repariert werden muss.«

Mein Vater sieht gut aus. Ich sage das nicht bloß, weil ich seine Tochter bin. Er ist die Sorte Mann, bei dem Frauen stehen bleiben und ihn anstarren, wenn er einen Raum betritt. Er hat dicke, lockige schwarze Haare und dunkelbraune Augen. Normalerweise spielt er in einem Stück die Rolle des Schurken oder Helden.

»Ich habe die Zusammenarbeit mit meiner Assistentin vermisst.« Er zwinkert mir zu. »Und dir deshalb deinen Hammer mitgebracht.«

Um uns über Wasser zu halten, hat mein Dad, als ich noch klein war, Schreinerarbeiten und Hausmeisterjobs erledigt, wobei er mich stets im Tragetuch mitschleppte. Als ich zu zahnen begann, habe ich auf dem Holzgriff eines seiner Hämmer herumgekaut. Die Zahnabdrücke sind immer noch zu sehen.

»Wo ist deine Mutter?«, fragt er.

»In der Highschool«, erkläre ich. »Es gibt Probleme mit der Beleuchtung. Sie meinte, du würdest das Abendessen kochen.«

Er blickt sich um. »Bist du ganz allein hier?«

»Nein. Melvin ist im Arbeitszimmer.«

»Ah, okay«, sagt er. »Sie hat etwas über einen verschollen geglaubten Cousin erzählt, der plötzlich auf der Matte stand. Na, dann kümmern wir uns mal um die Toilette.«

Wir gehen ins Bad, und mein Vater zieht an der Kette und nimmt dann den Deckel ab und hantiert im Innern des Spülkastens herum.

»Jetzt sollte sie wieder funktionieren«, sagt er. »Wenn du bitte mal so freundlich wärst?«

Ich spüle, und das Wasser läuft einwandfrei ab.

»Du hättest Klempner werden sollen«, sage ich.

Er schmunzelt. »Ich hätte auf jeden Fall viel mehr Geld verdient, das steht außer Frage.«

Mein Großvater spaziert ins Badezimmer, *Der Fänger im Roggen* in der Hand. Beim Anblick meines Vaters bleibt er wie erstarrt stehen.

»Du musst Melvin sein«, sagt mein Vater. »Ich bin Ellies Dad Jeremy.« Er streckt die Hand aus.

Mein Großvater schüttelt sie nicht. »Hast du dir die Hände gewaschen?«, fragt er.

»Das Wasser im Spülbecken ist sauber«, erklärt mein Vater.

»Dann trink es«, erwidert mein Großvater.

Wir stehen eine Minute still da. Dann hält mein Großvater sein Buch hoch.

»Wollt ihr hier den ganzen Tag rumstehen und quasseln?«, fragt mein Großvater. »Ich habe Hausaufgaben zu erledigen.«

Mein Vater kocht zum Abendessen Risotto. Wir sitzen draußen auf unserer winzigen Terrasse, und die

Erwachsenen trinken Rotwein und mein Großvater und ich Limonade. Während wir so dasitzen an der frischen Luft, das gute Essen genießen und meine Eltern den neuesten Klatsch über gemeinsame Theaterfreunde austauschen, beschleicht mich das Gefühl, als würde ich meine Lieblingsserie schauen. Außer dass diesmal mein Großvater eine Gastrolle als der schweigsame, launische Teenager spielt. Oder vielleicht spielt er sie auch nicht.

Mein Vater und Großvater waren nie die allerbesten Freunde. Als meine Eltern heirateten, hat mein Großvater meinem Dad Dinge an den Kopf geworfen, bei denen die Worte »Punk«, »meine Tochter« und »schwängern« vorkamen. Es versteht sich daher von selbst, dass wir meinen Dad nicht in unser kleines Geheimnis über Melvin einweihen können.

Mein Großvater dreht sich zu ihm. »Wie ich höre, bist du Schauspieler. Wie läuft das so?«

»Ziemlich gut, wenn ich ehrlich bin«, sagt er. »Die Tournee meiner derzeitigen Produktion ist für ein weiteres Jahr verlängert worden.«

»Das ist wundervoll, Jeremy!«, begeistert sich meine Mutter.

»Gratulation, Dad«, sage ich.

Mein Großvater wirkt nicht sonderlich beeindruckt. »Ist auf den Kleinkunstbühnen eigentlich das große Geld zu verdienen?«

»Ich bin in der Gewerkschaft«, entgegnet mein

Dad. »Und komme in den Genuss sämtlicher Sozialleistungen.«

Mein Großvater schnaubt verächtlich.

Mein Dad lächelt ihn an, seine Neugierde ist geweckt. »Du erinnerst mich an jemanden«, sagt er.

»Wirklich?«, fragt mein Großvater. »An wen?«

»Ach, bloß an einen alten Mann. Einen mürrischen Kerl. Wenn ich es mir recht überlege, bist du entfernt mit ihm verwandt. Melvin ist wohl ein beliebter Name in deiner Familie.«

Meine Mom und ich werfen uns besorgte Blicke zu.

Dann, ohne ein Wort zu sagen, steht mein Großvater auf und geht ins Haus. Mein Vater dreht sich zu meiner Mutter.

»Interessantes Kind«, sagt er.

»Teenager«, sagt meine Mom mit einem gleichgültigen Achselzucken.

»Ich räume ab«, erkläre ich und fange an, die Teller zu stapeln. Meine Eltern strahlen mich an.

Ich trage die Teller in die Küche, und beim Anblick dessen, was ich dort sehe, lasse ich das Geschirr fast fallen: Mein Großvater schenkt sich Rotwein in einen Plastikbecher.

»Was tust du da?«, zische ich.

»Nach was sieht es denn aus?«, sagt er und trinkt einen Schluck.

»Aber… Aber… Das darfst du nicht!«

»Warum nicht?«, murmelt er. »Ich bin ja wirklich

nicht gerade minderjährig. Außerdem brauche ich etwas, um den Schmerz zu stillen. Meine Beine bringen mich noch um.«

Der Wein löst meinem Großvater die Zunge, und als wir wieder zusammensitzen, gibt er noch abfälligere Bemerkungen als zuvor von sich.

»Zwölfsein oder Nichtsein. Das ist hier die Frage«, sagt er.

Meine Eltern sind tief in ihr Gespräch verwickelt und scheinen nicht mitzubekommen, was los ist. Wir ziehen ins Haus um, weil es allmählich kühl wird, und nehmen um den Küchentisch Platz.

»Ich muss aufs Klo«, verkündet mein Großvater und geht aus der Tür.

Meine Mutter schüttelt den Kopf und wendet sich an meinen Dad. »Warst du als Teenager auch so?«

»Ich weiß nicht mehr.« Ein verblüffter Ausdruck legt sich auf das Gesicht meines Dads. »Hauptsächlich erinnere ich mich daran, wie peinlich mir meine Eltern die ganze Zeit waren.«

Sie wechselt das Thema. »Nun, raus mit der Sprache. Wie geht's François?« Sie zeichnet mit den Fingern Anführungszeichen in die Luft, als sie seinen Namen sagt.

François ist, wie ich weiß, der Regisseur von *Les Misérables*.

»Du meinst, abgesehen davon, dass er einen französischen Namen hat, aber eigentlich von Long Island stammt?«

»Ich wusste, es ist ein falscher Akzent!«, sagt meine Mom.

»Er muss mal einen richtig guten Sprachtrainer gehabt haben.«

Die Toilettenspülung läuft.

»Außerdem«, fügt mein Vater hinzu, »ist sein Ego größer als eine Stretchlimousine.«

Die Toilettenspülung geht erneut.

»Hast du sie denn nicht repariert?«, fragt meine Mom.

»Doch«, erwidert mein Vater.

Ich erinnere mich an all die Schmerzmittel, die Melvin vorhin genommen hat. Sorge steigt in mir auf.

»Vielleicht sollten wir nach ihm sehen«, schlage ich vor.

Als wir ins Bad kommen, sitzt mein Großvater über die Toilette gebeugt da und übergibt sich.

»O nein! Hast du etwa eine Lebensmittelvergiftung?«, fragt meine Mum, als mein Großvater sich mit aschgrauem Gesicht zu ihr umdreht.

Mein Vater schnuppert in die Luft und sieht verärgert aus. »Seit wann riecht eine Lebensmittelvergiftung nach Rotwein?«

23

Pizzaservice

Mein Großvater muss nachsitzen.

Raj und ich warten nach der Schule beim Fahnenmast auf ihn. Er leistet mir in letzter Zeit fast immer Gesellschaft beim Warten. Er meint, die Wettquote stünde hoch, dass mein Großvater wieder nachsitzen wird.

Da kommt mein Großvater im Laufschritt auf uns zu. Sein Blick ist leicht irr und verrückt.

»Ich weiß, warum sie meine Schlüsselkarte deaktiviert haben!«, ruft er. »Ich weiß, warum sie meinen E-Mail-Account geschlossen haben!«

Raj und ich sehen ihn an.

»Die Firma ist aufgekauft worden! Sie ziehen nach Malaysia um!«

»Malaysia?«, frage ich.

»Es steht überall im Internet! Wer weiß, was dann mit meinem *T. melvinus* passiert? Wahrscheinlich werfen sie ihn einfach weg!«

Sobald wir zu Hause sind, stürzt er sofort ins Bad. Ich beschließe, mein Mikroskop aufzubauen und ihn aus seiner schlechten Laune zu reißen. Verschiedene Objektträger sind in der Schachtel mitgeliefert. Eine Farnspore. Eine Baumwollfaser. Ein Salzkristall. Und sonderbarerweise eine Goldfischschuppe. Anscheinend spülen nicht alle Menschen ihre toten Fische die Toilette hinunter.

Ich betrachte die Goldfischschuppe unter dem Mikroskop. Sie ist wunderschön, ein Regenbogen an Farben, und ich muss an all die Goldies denken. Vielleicht würden sie noch leben, wären sie in den Genuss der chemischen Verbindung des *T. melvinus* gekommen. Vielleicht hätten wir jetzt ein großes Fischbecken voll von ihnen.

Es klingelt an der Haustür, und als ich öffne, steht dort ein Teenager mit einer Pizzaschachtel in der Hand.

»Pizzaservice«, sagt er.

Er hat einen Irokesenschnitt, mehrere Ringe in den Ohren und einen in der Lippe. Pizzaboten sehen immer ein bisschen zwielichtig aus, Jungen vom Typ, der im Einkaufszentrum keinen Job bekommt.

»Augenblick mal«, sage ich und rufe meinen Großvater. »Hast du eine Pizza bestellt?«

»Peperoni«, spezifiziert der Junge.

Mein Großvater kommt zur Tür. »Ich habe nichts bestellt«, sagt er mit einem Stirnrunzeln.

»Welche Hausnummer hast du?«, frage ich den

Jungen. Er blickt auf den Zettel in seiner Hand und lächelt mich entschuldigend an.

»Ups, mein Fehler«, sagt er und schleicht davon.

Während ich ihm nachschaue, erinnere ich mich, wie mein Großvater erzählt hat, dass die Laboranten gerne Pizza essen.

Ich sehe zu meinem Großvater und lächle.

»Ich denke, ich weiß, wie wir ins Gebäude vierundzwanzig kommen.«

Beim Mittagessen erkläre ich Raj und meinem Großvater meinen Plan.

»Raj verkleidet sich als Pizzalieferant. Er nimmt eine echte Pizza mit und wird von einem Laboranten hereingelassen. Er liefert sie aus, und auf dem Weg nach draußen schnappt er sich den *T. melvinus*. Auf diese Weise müssen wir uns keine Sorgen wegen dem Wachmann oder der ganzen Schlüsselkartensache machen!«

»Nicht schlecht«, lobt mein Großvater.

Ich sehe in Rajs Richtung. »Was denkst du? Würdest du mitmachen?«

Er zögert nicht. »Sicher. Ich bin dabei.«

»Und dein Bruder auch«, fügt mein Großvater hinzu. »Wir brauchen einen Chauffeur.«

Wir setzen unser Unterfangen für Freitag an. An dem Tag kommt meine Mom spät nach Hause, weil sie abends noch den Text mit den Schauspielern durchgeht. So haben wir genügend Zeit, um zum

Labor und wieder zurück nach Hause zu kommen, ohne dass sie etwas merkt. Es ist perfekt.

Außer dass Raj am Freitag allein vor unserer Haustür auftaucht.

»Anandas Auto ist in der Werkstatt«, erklärt er.

Wir stehen in der Küche herum und zermartern uns den Kopf.

»Er meint, es sollte bis nächste Woche repariert sein«, sagt Raj zu meinem Großvater.

Mein Großvater ist verärgert. »Ich will nicht bis nächste Woche warten! Wer weiß, was in der Zwischenzeit mit meinem *T. melvinus* passiert?«

»Dann nehmen wir eben den Bus«, sagt Raj.

»Weißt du, wie lange es dauert, wenn wir mit dem Bus fahren? Wir müssen einen Pizzaservice finden und dann die Pizza holen und dann dreimal umsteigen, um zum Labor zu kommen, und ein Stück zu Fuß gehen und …«

Aber ich höre ihm längst nicht mehr zu, denn ich bin völlig damit beschäftigt, mein Puzzle auf dem Küchentisch anzustarren. Es ist jetzt fast fertig. Das geschäftige Treiben einer Großstadt. Menschen, die einen Gehweg entlangstürzen. Schaufensterfronten.

Gelbe Taxis.

24

Nobelpreis

Die Menschen im Fernsehen hüpfen die ganze Zeit in Taxis, als wäre nichts Besonderes dabei. Aber ich bin noch nie mit einem gefahren, und alles daran wirkt exotisch. Der Taxameter am Armaturenbrett. Der Geruch des Kiefern-Duftbäumchens. Der Taxifahrer, der nonstop in sein Headset redet. Er scheint nicht einmal sonderlich überrascht zu sein, drei Kinder auf der Rückbank seines Taxis zu haben.

Mein Großvater lässt den Fahrer an einem Pizza-Lieferservice halten. Er bestellt zwei Pizzen, vier Limonaden samt Pizzabroten und gibt dem Teenager hinter der Ladentheke hundert Dollar extra für seine Kappe, das Hemd und eine Kühlbox mit dem Logo des Pizzaservices.

Es ist fast sieben, als wir Gebäude vierundzwanzig erreichen. Auf dem Parkplatz stehen nur zwei Autos.

»Sieht ruhig aus«, bemerke ich.

»Ein typischer Freitagabend«, erwidert mein Großvater in missbilligendem Ton. »Alle gehen früh nach Hause. Diese Generation kennt keine Hingabe mehr.«

Raj zieht das Hemd an und das Käppi auf. Er sieht perfekt aus. Mit einem Mal bin ich besorgt. Ich berühre ihn am Arm.

»Lass dich nicht schnappen«, sage ich.

Er sieht mich mit festem Blick an. »Das werde ich nicht.«

»Ich lasse den Taxameter laufen«, verkündet der Taxifahrer lautstark, als Raj aussteigt.

Während wir warten, schnellt der Taxameter in die Höhe. Vierzig Dollar. Sechzig Dollar. Siebzig Dollar. Und dann taucht Raj plötzlich neben dem Taxi auf, die Kühlbox in der Hand. Eine Woge der Erleichterung schwappt über mich hinweg.

»Hast du sie?«, fragt mein Großvater angespannt.

»Yep«, sagt Raj. »Es war ein Kinderspiel. Sie wollten nicht mal wissen, wer die Pizza bestellt hat. Der Typ hat mich einfach durchgewinkt.«

Mein Großvater bittet den Taxifahrer, uns zur Feier des Tages bei einem chinesischen Restaurant abzusetzen.

»Sucht euch was aus, egal was«, sagt er zu uns. »Ich nehme Moo Goo Gai Pan.«

Als hätte daran auch nur der geringste Zweifel bestanden.

Raj tippt auf die Speisekarte. »Es gibt Qualle. Die müssen wir auf jeden Fall nehmen.«

Ich grinse.

Unser Essen kommt, und wir machen uns sogleich darüber her. Raj probiert die Qualle.

»Wie schmeckt sie?«, frage ich ihn.

Er kaut. Und kaut und kaut.

»Wie Gummi«, sagt er.

Ich kann mich nicht zurückhalten. »Quallen: Man kann sie benutzen, um Dinge zusammenzubinden!«

Ihm ist sofort klar, was ich meine. »Man kann sie als Radierer benutzen.«

»Man kann sie wie einen Flummi hüpfen lassen!«

Es ist wie damals mit dem Corn Dog, nur besser. Raj und ich übertrumpfen uns beim Aufzählen von Quallen-Eigenschaften, bis wir so laut lachen, dass wir kaum noch Luft bekommen.

»Soll ich eine Fliege tragen?«, will mein Großvater wissen.

Raj hebt eine Augenbraue. »Das ist vielleicht ein bisschen übertrieben in der Middle School.«

Mein Großvater verbessert ihn. »Nein, ich meine für die Nobelpreis-Zeremonie. Da ist Abendgarderobe vorgeschrieben.«

Raj sieht mich an. »Und was sollen *wir* anziehen?«

»Ihr?«, spottet mein Großvater.

»Entschuldige mal«, sagt er. »Wer hat denn den *T. melvinus* aus dem Labor geholt?«

»Da hat er recht«, pflichte ich ihm bei.

Mein Großvater schnaubt verärgert. »Na schön. Aber ich werde als Erstautor genannt.«

Wir bleiben nach dem Essen noch eine Weile sitzen und lesen in aller Seelenruhe die Botschaften in unseren Glückskeksen. Im Restaurant herrscht der aufgeregte Trubel eines geschäftigen Freitagabends, doch unser Tisch ist das Zentrum meines Universums. Ich will, dass diese Nacht ewig andauert.

Mein Großvater bestellt beim Kellner Tee nach, und er füllt unsere Porzellantassen auf. Sein College-Ring ist zu groß für seinen schmalen Finger.

»Einen Toast«, schlägt er vor.

Raj blickt zu der Kühlbox, die neben uns auf dem Stuhl thront. »Auf die Qualle?«

Doch ich schüttele den Kopf, weil ich längst den perfekten Trinkspruch kenne.

»Auf das Mögliche«, sage ich und sehe meinem Großvater in die Augen.

Er lächelt mir kurz zu.

Wir heben unsere Teetassen und sagen: »*Auf das Mögliche!*«

25

Abkühlung

Als ich aufwache, ist es in meinem Zimmer eiskalt.

Der Herbst ist doch endlich gekommen, und meine Mutter dreht die Heizung erst auf, wenn es im Haus weniger als achtzehn Grad sind. Sie meint, wir lebten in Kalifornien, nicht in Alaska, und ich solle mir einen Pulli anziehen.

Obwohl es kalt ist, wärmt aufgeregte Vorfreude meine Adern.

Der *T. melvinus* liegt sicher aufbewahrt in der Kühltruhe unserer Garage, und mein Großvater steckt voller Pläne für das, was als Nächstes zu tun ist. Er will den Stein endlich ins Rollen bringen. Ein Büro anmieten. Ein echtes Labor einrichten. Geräte kaufen. Dann wäre er in der Lage, es der Welt zu verkünden.

Ich kann kaum schlafen, während ich unserem nächsten Schritt entgegenfiebere. Hat sich Salk auch so gefühlt, als er wusste, dass sein Impfstoff funktioniert? Vielleicht werden wir *tatsächlich* den Nobelpreis gewinnen.

Die Bemerkungen meines Großvaters zum Thema Kleiderordnung lassen mir keine Ruhe. Ich war noch nie zu einer feierlichen Gesellschaft eingeladen. Was soll ich anziehen? Ein langes Kleid? Stöckelschuhe? Da erinnere ich mich, dass Marie Curie einen Nobelpreis gewonnen hat, und ich frage mich, was sie bei der Verleihung trug. Ich beschließe, Nachforschungen anzustellen.

Auf den meisten Bildern im Internet ist sie in altmodischen schwarzen Kleidern zu sehen, und sie hat einen echten Wuschelkopf, so wie ich. Ich kann allerdings kein Foto finden, auf dem zu erkennen ist, welche Kleidung sie bei der Verleihung des Nobelpreises trug, aber ich komme etwas anderem auf die Spur. Etwas, das mir mein Großvater bisher verschwiegen hat.

Marie Curie war während ihrer Experimente großer Strahlung ausgesetzt, die sie allmählich vergiftete.

Ihre Entdeckung hat sie umgebracht.

Im Mittagshof ist es windig und kühl. Ich stehe mit meinem Tablett in der Schlange, um zu bezahlen. Heute ist Corn-Dog-Tag.

Ein Stück entfernt sitzen Raj und mein Großvater an unserem üblichen Tisch. Sie stecken die Köpfe zusammen, und mein Großvater kritzelt etwas in sein Notizbuch.

»Hi, Ellie.«

Ich drehe mich um und erstarre. Es ist Brianna.

Sie steht hinter mir, eine Flasche Saft in der Hand. Ich warte auf den stechenden Schmerz, den ich bei ihrem Erscheinen normalerweise verspüre, aber er stellt sich nicht ein. Da ist ein Brennen, ein kurzes Zusammenzucken, ähnlich wie bei einem aufgeschürften Knie, nachdem die Schwellung zurückgegangen ist. Ich weiß, ich komme klar.

»Hallo«, sage ich. »Wie läuft's beim Volleyball?«

Sie zögert. »Es ist härter, als ich gedacht habe. Superleistungsorientiert. Ich muss mich nächste Saison wieder neu in die Mannschaft bewerben.«

»Oh«, sage ich.

Es folgt ein peinliches Schweigen. Dann gleitet Briannas Blick zu meinem Tablett, und sie lächelt mich wie in alten Zeiten an.

»Ein Corn Dog. Die habe ich früher geliebt«, sagt sie, und es hört sich fast wie eine Entschuldigung an.

Ich schlucke. »Ich auch.«

Und ich bin erleichtert, als läge dieser Teil irgendwie hinter mir, und es ist okay. Weil ich mich weiterentwickelt habe. Ich habe meinen Großvater. Und Raj.

»Apropos, ich habe deine frühere Babysitterin Nicole im Einkaufszentrum gesehen«, sagt Brianna. »Ich soll dich von ihr grüßen.«

Ich spähe über den Mittagshof zu Raj und erinnere mich, dass Nicole damals einen Rabatt erwähnt hat. Vielleicht könnte ich Raj einen Ohrring kaufen.

»Wer ist der Junge, mit dem du die ganze Zeit abhängst?«, fragt Brianna, als sie meinem Blick folgt.

»Das ist Raj«, sage ich.

»Ich meinte den mit den langen Haaren«, schiebt sie nach.

»Oh, das ist mein Cousin Melvin. Er wohnt bei uns«, erkläre ich.

»Ich wusste gar nicht, dass du einen Cousin hast«, sagt sie.

»Das ist eine lange Geschichte.«

Ein träumerischer Ausdruck legt sich auf ihr Gesicht. »Er ist süß.«

Ich lächle verhalten. »Hä?«

Sie beißt sich auf die Lippe. »Hat er eine Freundin?«

»Eine Freundin?«, wiederhole ich überrascht und muss an die Pantoffeln meiner Großmutter denken.

»Ja«, sagt sie, und ein hoffnungsvolles Funkeln blitzt in ihren Augen auf. »Denkst du, er würde mich mögen?«

Mein Verstand wiederholt wie in Endlosschleife: *Brianna findet meinen sechsundsiebzigjährigen Großvater süß!*

Ich versuche, mir bildlich vorzustellen, wie sie sich küssen, und kaltes Grausen packt mich.

»Ellie?«, sagt Brianna.

Ich blinzele.

»Was denkst du?«, fragt sie. »Würde Melvin mich mögen?«

Ich zwinge mich zu einer Antwort.

»Nein«, sage ich bestimmt. »An so etwas ist er nicht interessiert.«

»Wie schade«, sagt sie.

26

Die Mumie

Das Haus ist kuschelig warm, als ich in die Küche gehe, um Frühstück vorzubereiten. Mein Großvater sitzt bereits angezogen am Tisch.

Meine Mutter stürmt herein und will wissen: »Wer hat den Thermostat hochgedreht?«

»Ich nicht«, sage ich.

Mein Großvater bedenkt sie mit einem kühlen Blick. »Ich.«

»Warum?«

»Weil es im Haus kalt wie in einem Gefrierschrank ist«, sagt er. »Man könnte hier Leichen konservieren.«

»Wir versuchen, Geld zu sparen«, sagt sie.

Er kramt in seiner Tasche und zieht einen Zwanzig-Dollar-Schein heraus.

»Hier«, sagt er. »Dreh die Heizung auf.«

Meine Mutter und Ben wollen sich ein Theaterstück ansehen, das einer von Moms Freunden aufführt. Als sie aus der Haustür spazieren, heftet sich mein Großvater an ihre Fersen.

»Wann bringst du sie nach Hause?«, fragt er Ben.

»Wie bitte?«, sagt meine Mutter sarkastisch. »Ich denke, ich bin ein bisschen zu alt für eine Ausgangssperre.«

»*Ich* bin der Babysitter«, erwidert mein Großvater. »Habe ich dann etwa nicht das Recht zu erfahren, wann du zurück bist?«

»Sie wird um Mitternacht zurück sein«, verspricht Ben.

Ich mache Popcorn und versuche, meinen Großvater zu überreden, einen Monster-Film-Marathon mit mir anzuschauen. Sie zeigen einen Haufen Schwarz-Weiß-Klassiker – *Der Schrecken vom Amazonas, Die Mumie, Dracula* –, aber er erklärt, er sei zu beschäftigt.

»Ich muss an meinem Aufsatz zum *T. melvinus* arbeiten«, sagt er. »Ich muss ihn Kollegen zur Begutachtung schicken.«

Um Mitternacht sehe ich immer noch fern, als mein Großvater mit verärgerter Miene ins Wohnzimmer kommt.

»Deine Mutter ist spät dran«, sagt er.

Zehn Minuten später hält Bens Wagen in unserer Einfahrt, und mein Großvater stürmt aus der Haustür. Ich folge ihm.

Er marschiert direkt auf Bens Auto zu und hämmert an die Scheibe. Ben lässt sein Fenster herunter und blickt meinen Großvater verwirrt an.

»Ihr seid zehn Minuten zu spät!«, empört sich mein Großvater.

»Da war ein Unfall auf der Strecke«, entschuldigt sich Ben.

»So etwas hättest du im Vorhinein einplanen müssen.« Seine Stimme klingt wie die eines Dreizehnjährigen, doch er hat die Autorität eines Erwachsenen.

Nachdem Ben weggefahren ist und wir im Haus sind, geraten mein Großvater und meine Mutter in Streit.

»Habt ihr euch in der Auffahrt geküsst? Die ganze Nachbarschaft konnte euch sehen!«

Meine Mutter wirft die Arme in die Höhe. »Na und?«

»Was für ein Vorbild bist du deiner Tochter?«

Meine Mutter verliert die Geduld.

»Entschuldige bitte mal, aber leben wir in den 1950ern? Außerdem steht es dir nicht zu, *mir* sagen zu wollen, was ich zu tun habe.«

»Ich bin dein Vater!«

»Du magst mein Vater sein, aber *ich* bin hier die Erwachsene! Du sagst mir nicht, was ich zu tun habe!«

»*Ich* bin der Erwachsene!«, ruft er zurück.

»Hast du in letzter Zeit mal in den Spiegel geschaut?«, fragt sie. »Denn du bist kein Erwachsener! Du bist ein Teenager!«

Er funkelt sie böse an und marschiert aus dem Zimmer. Wir hören, wie die Badezimmertür theatralisch zugeknallt wird.

Sie dreht sich zu mir.

»Siehst du?«, sagt sie. »Teenager.«

Es gibt eine Wanderausstellung über Ägypten im de Young Museum in San Francisco, und Raj lädt mich ein, sie mit ihm anzusehen. Meine Eltern lieben Kunst, weshalb ich praktisch im de Young aufgewachsen bin. Ich weiß, wo jede einzelne Toilette liegt. Mein Dad sagt oft im Scherz, dass ich buchstäblich neben den Renaissance-Meistern trocken geworden bin.

Meine Mom muss ein paar Requisiten von einem Theater in der Stadt ausleihen und bietet an, uns hinzufahren. Ich frage meinen Großvater, ob er mitkommen will.

»Ich habe keine Zeit zum Spielen«, sagt er, und seine Finger fliegen über die Tastatur seines Laptops. »Ich arbeite an meinem Patentantrag.«

Während wir durch den Golden Gate Park brausen, sticht mir ein Gebäude ins Auge, an dem wir eine Million Mal vorbeigefahren sein müssen, das mir aber nie aufgefallen ist: die California Academy of Sciences. Auf einmal möchte ich auch wissen, wo dort jede einzelne Toilette liegt.

Als wir das de Young erreichen, hat sich dort eine riesige Warteschlange gebildet. Ich hatte keine Ahnung, dass Mumien so beliebt sind. Raj passt perfekt nach San Francisco. Kein Mensch dreht sich nach ihm um.

Wir schlendern durch die Ausstellung. In einem Raum haben sie das Innere einer Grabkammer nachgebaut. Den Sarkophag umgeben die Habseligkeiten des Verstorbenen: Möbel, Essen und ein Paar Lederpantoffeln. Es wirkt, als wäre die Zeit in seinem Leben einfach stehen geblieben, und ich muss an die Wohnung meines Großvaters denken.

Schließlich bahnen wir uns einen Weg zu dem Saal mit der Mumie, dem Highlight der Ausstellung. Sie befindet sich hinter Glas und ist überhaupt nicht so, wie ich sie mir vorgestellt hatte. Der Körper ist klein – etwa meine Größe – und dürr. Die Binden sind nicht weiß wie in den Filmen, sondern von einem dunkelbraunen Schwarz und sehen aus, als wären sie mit dem Körper verschmolzen. An der Stelle, wo die Nase sein müsste, klafft ein Loch, und die Haut sieht hart aus, wie Leder.

Doch am Verstörendsten sind die Haare. Ein langes Büschel brauner Haare kräuselt sich im Nacken der Mumie. Fast wünschte ich mir, ich hätte es nicht gesehen. Die Mumie wirkt dadurch zu real.

Ich erinnere mich nicht an die Beerdigung meiner Großmutter, aber ich weiß, dass sie eine Feuerbestattung wollte und ihre Asche in die Bucht von San

Francisco gestreut wurde. Etwas an dieser Vorstellung hat mir immer gefallen. Wann immer ich die Bucht sehe, habe ich das Gefühl, als würde ich sie im Rollen der Wellen und dem Kreischen der Seemöwen hören.

»Warum haben sie das gemacht?«, frage ich Raj. »Warum haben sie die Leichen nicht einfach begraben? Oder eingeäschert?«

»Weil sie ewig leben wollten.« Er wirft mir ein schiefes Lächeln zu. »Sie glaubten, dass ihr Geist in ihren Körper zurückkommen kann, wenn er konserviert ist. Irgendwie ein bisschen so wie das, was Melvin tut.«

»Melvin ist nicht tot«, sage ich.

»Das stimmt. Aber irgendwie konserviert er sich doch auch«, scherzt er. »Wie eine Mumie.«

Ich starre auf das Büschel Haare.

»Hey, komm schon«, sagt Raj und lächelt. »Lass uns in den nächsten Raum weitergehen. Dort gibt es eine mumifizierte Katze.«

27

Nachdem

Auf dem Heimweg von der Schule im Bus hält mein Großvater sein Naturwissenschaftslehrbuch hoch. Seine saubere Kleidung wird wohl langsam knapp, denn er trägt ein T-Shirt aus Moms Inszenierung von *Hair*. Es ist gebatikt, und ich muss an Starlily denken.

»*T. melvinus* wird hier drinnen sein eigenes Kapitel bekommen!«, krächzt er.

»Ja«, sage ich mit einem gezwungenen Lächeln.

Er blättert die Seiten durch. »Hm, wo würde es wohl am meisten Sinn machen?«

Als wir nach Hause kommen, geht mein Großvater geradewegs in die Küche, um eine Kleinigkeit zu essen, aber ich bin nicht hungrig. Mein Magen fühlt sich ein bisschen komisch an, weshalb ich in mein Zimmer verschwinde und mich hinlege. Ich kann nicht aufhören, über Mumien nachzudenken. Es ist so unheimlich. Die Toten, die nur darauf warten, ins

Leben zurückzukommen. Vielleicht gibt es einen Grund, dass sie in Horrorfilmen Monster sind.

Ich blicke mich mit neuen Augen in meinem Zimmer um, und was ich sehe, lässt mich an allem zweifeln. Die Handabdrücke an der Wand: Wenn Menschen älter werden, werden ihre Hände wegen *T. melvinus* dann kleiner anstatt größer? Die rosa Schleife auf meiner Kommode, von dem Geburtstagsgeschenk von Raj: Werden Menschen jedes Jahr weniger Kerzen auf ihren Kuchen haben, weil sie immer jünger werden? Ich fühle mich wie Galileo, meine Sicht auf das Universum ist mit einem Schlag aus den Angeln gehoben.

Ehe ich mich's versehe, sitze ich am Computer und recherchiere über die Atombombe und Oppenheimer. Auf einmal will ich unbedingt alles über das *Nachdem* erfahren: Was ist passiert, *nachdem* die Bomben auf Japan abgeworfen wurden?

Bilder blitzen auf dem Schirm auf. Zerstörte Gebäude. Rauch. Weinende Kinder.

In dem Artikel heißt es, dass niemand genau wüsste, wie viele Menschen durch die Bomben gestorben sind. Einer Schätzung nach beläuft sich die Zahl der Toten auf 185 000. Ich bin gut in Mathe. Ich versuche, diese Zahl wirklich zu verstehen. In unserer Middle School gibt es 900 Kinder, es wären also gut zweihundert Middle Schools voll toter Kinder.

Kinder wie Raj. Und Momo. Und Brianna.

Und dabei sind nicht einmal alle mit eingerechnet –

etwa die Schulsekretärin und der Hausmeister und alle Lehrer. Mr. Ham mit seinen lustigen Krawatten.

Mein Kopf schwirrt.

Was, wenn es sich wiederholen würde? So wie Mr. Ham gesagt hat: Man kann den Flaschengeist nicht zurück in die Flasche stopfen. Oppenheimers Worte hallen in meinen Ohren nach wie tausend Bomben, die gleichzeitig detonieren.

Wir wussten, dass die Welt danach nicht mehr dieselbe sein würde.

Mein Großvater sitzt mit seinem Laptop in der Küche am Bartisch, isst einen Burrito und trinkt Tee.

Die Worte purzeln einfach aus mir heraus.

»Was werden sie schreiben?«, frage ich ihn.

»Worüber?«

»Über uns. In den Schulbüchern. Was werden sie schreiben?«

Er starrt mich an.

»Ich meine, werden sie sagen, dass Melvin Sagarsky und Ellie Cruz die Welt verändert haben? Oder dass wir sie zerstört haben?«

»Zerstört? Wir retten Menschen vor dem Altwerden! Genau wie Polio.«

»Aber Altwerden ist nicht dasselbe wie Polio«, sage ich.

Er schüttelt den Kopf. »Was ist plötzlich in dich gefahren? Das ist Wissenschaft! So funktionieren Entdeckungen!«

»Ich glaube an die Wissenschaft! Aber was ist, wenn es keine gute Idee ist? Was ist, wenn wir nicht Salk sind? Sondern Oppenheimer? Was ist, wenn *T. melvinus* so ist wie die Atombombe?«

»Unsinn«, sagt er und dreht sich zu seinem Computer zurück. Ich bin längst vergessen.

»Brianna findet dich süß!«, platze ich heraus.

Er sieht mich mit einem verwirrten Gesichtsausdruck an. »Wer ist Brianna?«

»Meine Freundin! Ex-Freundin. Ich weiß nicht einmal mehr, wer sie ist, aber das spielt keine Rolle. Sie will mit dir ausgehen!«

»Ich bin Witwer. Ich habe kein Interesse an Verabredungen.«

Er versteht nicht, worauf ich hinauswill. Er ist wie Marie Curie mit der Strahlung. Er versteht nicht, dass es alles vergiften wird.

»Du bist… Du bist wie eine Mumie! Die zurück ins Leben will!«

»Du redest Unsinn«, sagt er zu mir, als würde er mit einem Kleinkind reden, das einen Wutanfall hat.

Ich starre sein gebatiktes T-Shirt an, und auf einmal verstehe ich, was Starlily uns mit den Goldfischen beibringen wollte. Ein Ende ist etwas Trauriges. So wie der Tod der Goldfische und Grandmas Pantoffeln und Brianna und ich. Aber Anfänge sind aufregend. So wie die Entdeckung, dass ich womöglich in etwas gut bin, und neue Freundschaften. Raj.

»Es ist der Kreislauf des Lebens«, sage ich und erinnere mich an Starlilys Worte. »Dinge müssen vorwärtsgehen, nicht rückwärts.«

»Wer will vorwärtsgehen? Ich nicht.«

Mein Gehirn überschlägt sich, und ich denke an Dinge, die nicht vorwärtsgehen. Wie meine Mom, die Angst hat, wieder einen Fehler zu begehen, obwohl jeder Blinde sehen kann, dass Ben das perfekte fehlende Teil in ihrem Puzzle ist.

»Was ist mit dem ganzen Bewegungsgesetz-Dingsbums? Man bleibt in Bewegung, oder man bleibt stecken! Wie Mom mit Ben!«

»Sie verdient etwas Besseres«, sagt mein Großvater und ignoriert völlig, worauf ich hinauswill.

»Was ist, wenn wir schon zu weit gegangen sind? Was ist, wenn wir die ganze Welt zerstören?«

»Immer gleich so theatralisch«, bemerkt er. »Genau wie deine Mutter.«

»Was ist mit den Abfalleimern?«, frage ich.

»Ich stelle sie heute Abend raus«, sagt er.

»Wie soll das funktionieren? Wenn alle alten Menschen wieder jung sind, wer trägt dann die Verantwortung? Wer entscheidet, wann die Mülltonne hinausgebracht und die Heizung angestellt werden soll? Wer ist dann der *Erwachsene*?«

Einen Moment lang wirkt er verwirrt, als hätte er all das nicht mit einberechnet. Dann wird sein Gesichtsausdruck hart.

»Du verstehst das nicht«, sagt er. »Du musstest das nicht durchleben.«

Die Worte sprudeln aus meinem Mund, bevor ich sie zurückhalten kann. »Aber das will ich!« Ich sehe ihn beschwörend an. »Ist das Erwachsenwerden, das Altwerden – das *Leben* – denn wirklich so schrecklich?«

Seine Augen werden ruhig, und er starrt mich an, als würde er mich zum ersten Mal sehen.

Ich hole tief Atem und rufe mir das Gefühl ins Gedächtnis, das ich beim Tanzen auf der dunklen Tanzfläche verspürt habe, die Musik, die durch mich hindurchhämmerte, die Möglichkeit von *etwas* – ich weiß nicht was – so nah, und das möchte ich noch einmal spüren.

»Weil ich es versuchen will«, flüstere ich. »Ich bin doch erst zwölf.«

Die Tür zur Garage geht polternd auf. Meine Mom spaziert mit mehreren Tüten in die Küche.

»Ich habe beim Chinesen Abendessen für uns mitgenommen«, sagt sie mit einem Lächeln. »Und ja, Dad, für dich habe ich Moo Goo Gai Pan und extra Sojasoße bestellt.«

Er starrt die Tüten an und dann mich.

»Ich bin nicht hungrig«, sagt er und geht hinaus.

Meine Mom dreht sich zu mir um. »Anscheinend gibt es für alles ein erstes Mal.«

28

Beobachtung

Ich trage meinen wärmsten Pullover, doch nichts kann die frostige Kälte zwischen mir und meinem Großvater vertreiben.

Im Mittagshof schlingt er sein Mittagessen in zwei Bissen hinunter und verschwindet dann gleich.

»Was ist denn mit euch beiden los?«, fragt mich Raj.

»Wir haben uns gestritten«, sage ich.

»Worüber?«

»Nur so Zeug«, erwidere ich ausweichend.

Als könnte »Zeug« eine Meinungsverschiedenheit über das Schicksal der gesamten Menschheit beschreiben.

Meine Mom hasst kaum etwas so sehr wie ein halb leeres Theater bei einer Premiere, weshalb sie mich beauftragt, ihr zu helfen, die freien Plätze für *Unsere kleine Stadt* zu füllen. Sie gibt mir einen Stapel Freikarten, die ich in der Schule verteilen soll.

Während des Naturwissenschaftsunterrichts frage ich Momo, ob sie welche möchte.

»Die sind umsonst«, erkläre ich. »Meine Mom ist die Regisseurin.«

»Sicher«, sagt sie. »Gehst du auch hin?«

Ich verziehe das Gesicht. »Oh ja, definitiv.«

Sie lacht. »Ich kenne das. Ich muss zu allen Fußballspielen meines Bruders mitkommen.« Dann fügt sie hinzu: »Möchtest du danach noch etwas unternehmen? Vielleicht ein Joghurteis essen gehen?«

Ich lächle sie an. »Das klingt toll!«

Die Premiere von *Unsere kleine Stadt* ist am Freitagabend. Meine Mom ist bereits im Theater, um sich um alles zu kümmern, weshalb Ben meinen Großvater und mich zur Highschool fährt. Mein Großvater trägt ein Jackett und Krawatte. Eigentlich hatte ich erwartet, er würde sich beschweren, *Unsere kleine Stadt* ansehen zu müssen, aber er ist ungewöhnlich still.

Das Theater ist gerammelt voll. Es sieht aus, als ob sich meine harte Arbeit ausgezahlt hat. Ich winke Momo zu, die offenbar ihre gesamte Familie mitgebracht hat. Wir nehmen auf unseren Sitzen Platz. Die Beleuchtung im Saal erlischt, und der Vorhang hebt sich.

Vielleicht war ich zu jung, als ich das Stück all die vielen Mal zuvor gesehen habe, denn diesmal finde ich es interessant. Oder vielleicht liegt es an den

Schauspielern. Meine Mom hatte recht – die Jugendlichen, die Emily und George verkörpern, sind toll, insbesondere Emily.

Zu Anfang ist sie ein Teenager. Sie wird erwachsen, heiratet und dann stirbt sie bei der Geburt ihres zweiten Babys. Nach ihrem Tod kommt sie für einen Tag auf die Erde zurück – als Zwölfjährige. Genauso alt wie ich.

In einer Textzeile fragt sie sich, ob irgendjemand das Leben versteht, während er es lebt. Jetzt kapiere ich, was sie damit sagen will: Das Leben ist kostbar, und wir realisieren das erst im Nachhinein. Aber vielleicht ist das Leben auch nur kostbar, weil es nicht ewig dauert. Wie bei einem Freizeitpark. Achterbahnfahren ist beim ersten Mal aufregend. Aber würde es genauso viel Spaß machen, wenn man immer und immer wieder fahren würde?

Ich kann nichts dagegen tun und blicke verstohlen zu meinem Großvater. Seine Augen sind starr auf die Bühne gerichtet. Als würde er spüren, dass ich ihn ansehe, dreht er den Kopf zu mir. Unsere Augen treffen sich. Etwas in seinem Gesicht wird weicher, und ich habe einen Moment lang das Gefühl, dass auch er es begreift. Dass er *versteht*.

Doch dann blinzelt er.

Und schaut weg.

Das Stück wird mit überwältigenden Kritiken überschüttet. Bei der letzten Vorführung bekommen die Schauspieler sogar Standing Ovations. Doch zu Hause gibt es kein tosendes Klatschen, keine Zugabe. Da sind nur ich und mein Großvater, die nicht miteinander sprechen.

Ich lege ihm ein neues Päckchen Haargummis ins Bad, sozusagen als eine Art Friedensangebot, aber er rührt es nicht an.

Ein Teil von mir will die Sache zwischen uns geradebiegen, ihm sagen, dass ich falsch liege. Aber tief in meinem Innersten weiß ich, dass ich im Recht bin. Die Welt ist noch nicht bereit für *T. melvinus*. Ich frage mich verwundert, ob es das ist, was Wissenschaft ausmacht. An etwas so fest zu glauben, dass man gewillt ist, gegen alle Widrigkeiten zu kämpfen, selbst gegen jemanden, den man liebt.

Vielleicht bin ich am Ende doch etwas verrückt.

Das Haus ist leer, als ich von der Schule nach Hause komme. Meine Mom ist in der Highschool und räumt das Bühnenbild auf. Mein Großvater und ich gehen getrennte Wege: ich in die Küche, er ins Badezimmer.

Ich stecke voller nervöser Energie und beschließe, etwas zu kochen. Ich blättere in der Rezeptbox meiner Großmutter und entscheide mich für eine Quiche. Ich stelle sicher, dass wir alle Zutaten haben: Mehl und Butter für den Teig, Eier, Schinken und Käse. Wir haben nur einen einzigen Käse am Stück, und der liegt ganz hinten im Kühlschrank.

Als ich ihn heraushole, bemerke ich, dass er schon eine geraume Zeit dort liegen muss: Flaumiger blaugrüner Schimmel wächst darauf. Meine erste Reaktion ist, schrecklich angewidert zu sein, doch meine zweite Reaktion ist Faszination. Ich möchte unbedingt wissen, wie er unter einem Mikroskop aussieht.

Ich hole mein Mikroskop und stelle es auf die Arbeitsplatte. Dann kratze ich etwas Schimmel herunter, streiche ihn auf einen Objektträger und spähe durch das Okular. Er sieht aus wie feine Fasern.

Mein Großvater betritt die Küche, *Der Fänger im Roggen* in der Hand.

»Die Toilette ist schon wieder verstopft«, verkündet er. »Was siehst du dir an?«

Irgendwie ist es mir peinlich, es ihm zu erklären. »Ich wollte gerade eine Quiche machen, aber der Käse war verschimmelt, und dann habe ich entschieden, mir den Schimmel unter dem Mikroskop anzuschauen.«

Er wirft mir einen unergründlichen Blick zu und sagt: »Natürlich hast du das. Das ist genau das, was ein Wissenschaftler tun würde.«

Ich weiß nicht, was ich erwidern soll.

Mein Großvater hält das Buch hoch. »Ich habe es gerade fertig gelesen. Es war gut.«

Mein Mund klappt auf. »Wirklich?«

»Ja. Ich habe es vorschnell verurteilt. Und ich

hatte unrecht.« Er zögert. »Ebenso wie bei anderen Dingen.«

Er holt sich einen Apfel aus der Obstschale. Er ist rot und hat Druckstellen, ist kurz davor, schlecht zu werden.

»Du hattest recht«, sagt er mit einem Achselzucken.

Abwartend halte ich die Luft an. Hoffe.

Er blickt zum Apfel. »Der Samen wird gepflanzt, er wächst zu einem Baum heran, die Früchte reifen, fallen auf die Erde.« Er beißt hinein. Saft tropft ihm das Kinn hinunter. »Und dann fängt alles von vorne an. Der Kreislauf des Lebens. Ich muss nicht Galileo sein, um diese Beobachtung zu machen.«

Ich schlucke.

»Wissenschaft ist mächtig. Sie hat immer Konsequenzen – wundervolle und schreckliche. Vermutlich habe ich mich in meiner Begeisterung für einen Moment verrannt und vergessen, was Salk gesagt hat.«

»Was hat er gesagt?«

Seine Augen bohren sich in meine. »Unsere größte Verantwortung liegt darin, gute Vorfahren zu sein.«

Ich nicke.

Dann stößt er ein tiefes Seufzen aus. »Ich schätze, ich werde wohl keinen Nobelpreis gewinnen.«

»Wissenschaftler geben nicht auf. Du kannst trotzdem irgendwann noch einen Nobelpreis bekommen. Für etwas, das sogar noch bedeutender ist. Etwas, das niemandem zuvor gelungen ist!«

»Und was könnte das sein?«, fragt er mit skeptischem Unterton.

Ich zeige auf den Pickel an meinem Kinn. »Ein Heilmittel gegen Akne.«

»Hm. Das wäre natürlich bahnbrechend.« Er schüttelt den Kopf. »Genug davon. Ist die Saugpumpe in der Garage? Die brauche ich, um die Spuren in der Toilette zu beseitigen. Es hat ein paar Versuche gebraucht, um den *T. melvinus* hinunterzuspülen.«

»Du hast ihn hinuntergespült? Warum hast du ihn nicht einfach in den Müll geworfen?«

Er schnaubt. »Den Müll? Deine Mutter würde wahrscheinlich vergessen, ihn rauszustellen. Die Waschbären würden in die Tonnen klettern und den *T. melvinus* fressen, und wer weiß, was dann passiert? Boshafte Waschbären, die nie alt werden und randalierend in der Nachbarschaft nach Essensresten suchen?«

Wir lachen.

29

Anfang gut, alles gut

Nicole ruft meine Mom an und erklärt ihr, sie wolle ihren alten Babysitterjob zurück. Der Ohrenpiercing-Laden hat sich doch nicht als so tolle Gelegenheit herausgestellt, wie sie dachte. Mein Großvater nimmt diese Nachricht mit Begeisterung auf.

»Es ist sowieso an der Zeit, dass ich weiterziehe«, unterrichtet er uns.

Ich sehe ihn entsetzt an. »Du verlässt uns?«

»Ich komme wieder«, sagt er. »Keine Sorge. Ich muss doch dafür sorgen, dass du für deine Promotion an die richtige Uni gehst.«

»Aber wer kümmert sich um dich?«, ruft meine Mutter. »Du bist dreizehn Jahre alt!«

Mein Großvater sieht meine Mutter eindringlich an. »Melissa, wir wissen beide, dass das hier mit uns nicht funktioniert. Es gibt Dinge, die ich tun will – die ich tun muss. Und ich kümmere mich selbst um mich. Ich bin erwachsen.«

Sie sieht aus, als wollte sie widersprechen, aber dann schürzt sie die Lippen.

»Wo willst du hin?«, fragt sie ihn.

»Ich weiß es noch nicht genau. Vielleicht werde ich ein wenig herumreisen. Mit dem Bus.« Er zögert. »Mir das Land anschauen.«

Da kommt mir der Traum meiner Großmutter in den Sinn.

Meine Mutter beauftragt Möbelpacker, alles aus seiner Wohnung einzulagern. Außerdem besorgt sie ihm ein Handy und nimmt ihn in unseren Familientarif auf, damit er mit uns in Kontakt bleiben kann.

Am Tag seiner Abreise warten wir mit ihm am Busbahnhof. Dort herrscht geschäftiges Treiben. Ankommende und abfahrende Menschen hasten durcheinander, stürzen zu ihren Bussen, um sonst wohin zu fahren. Mein Großvater weiß noch nicht genau, wohin er will. Er sagt, er hätte alle Zeit und alles Geld der Welt.

»Wirst du klarkommen?«, fragt ihn meine Mutter.

»Natürlich«, sagt er entschieden. »Immerhin habe ich zwei Doktortitel.«

Ich reiche ihm mein Abschiedsgeschenk.

»Was ist das?«, fragt er überrascht.

Er öffnet die in Geschenkpapier eingewickelte Schachtel und späht hinein, was drinnen liegt: meine Sammlung an Haargummis.

Tränen schießen mir in die Augen. Ich will nicht,

dass er weggeht. Ich packe ihn und drücke ihn fest an mich.

»Ich liebe dich«, sage ich.

Mein Großvater umarmt mich und flüstert mir ins Ohr: »Ich glaube an dich, Ellie. Du bist mein *Möglich.*«

Ich sehe ihm nach, wie er in den Bus steigt, und weiß, dass ich nie wieder eine Obstschale oder ein Stück Käse oder irgendetwas anderes auf dieselbe Art ansehen kann. Wie sich herausgestellt hat, war es mein Großvater, der mir eine Lektion über das Leben erteilen sollte.

Er war mein vierzehnter Goldfisch.

Alles geht wieder seinen gewohnten Gang wie früher, doch es fühlt sich anders an. Das Haus ist sonderbar leer. Wer hätte gedacht, dass man den muffigen Geruch von Jungensocken vermissen könnte?

Ich fasse den Entschluss, dass mein Zimmer dringend eine Veränderung braucht. Ich will nicht ständig all diese kleinen Handabdrücke sehen. Mein Dad hilft mir an einem Wochenende, als er zu Hause ist. Wir streichen die Wände ultramarinblau und benutzen spezielle, im Dunkeln leuchtende Farbe, um in einem Streifen unter der Decke Quallen aufzumalen. Wenn ich nachts im Bett liege, fühlt es sich an, als befände ich mich am Meeresgrund.

Ananda hat mit der Suche nach dem richtigen College begonnen. Raj und ich begleiten ihn, als er sich

Berkeley anschaut. Der Campus ist wunderschön, der Rasen grün und voller Studenten. Fast kann ich Oppenheimer sehen, der entschlossenen Schrittes umhergeht.

Momo und ich verbringen neuerdings viel Zeit miteinander. Sie steht auch auf gruselige Filme. Wir haben eine Menge alter Horrorfilme über Wissenschaftler gefunden, bei denen etwas falsch gelaufen ist (*Frankenstein, Der unsichtbare Mann, Tarantula, Godzilla, Die Fliege*). Unser Lieblingsfilm ist *Formicula*. Es geht um einen Haufen Ameisen, die sich in riesige Insekten-Monster verwandeln, nachdem sie während der Atombombentests in New Mexico hoher radioaktiver Strahlung ausgesetzt waren. Wir können sogar Mr. Ham überzeugen, eine Stunde über Monsterfilme und Wissenschaft zu machen. Es ist lustig, wieder mit einem Mädchen abzuhängen.

Und da sind noch andere Neuanfänge. Als Ben vorbeikommt, um meine Mutter zum Essen abzuholen, begrüßt sie ihn an der Tür, fix und fertig angezogen und abfahrbereit, wie ein Teenager, der auf sein erstes Date wartet.

Sie tritt über die Türschwelle und wirft sich in seine Arme, was ihn etwas überrascht.

»Ja«, sagt sie.

Er wirkt verwirrt, aber ich weiß, was sie sagen möchte.

»Ich will dich heiraten.«

Die Ehe wird bei einer kleinen Zeremonie im Rathaus geschlossen, mit mir als Trauzeugin. Ben trägt eine blaue Krawatte, die farblich perfekt zu den Haaren meiner Mutter passt.

»Ende gut, alles gut, so wie ich das liebe«, sagt die Standesbeamtin zu den Frischvermählten.

»Das ist kein gutes Ende«, berichtige ich sie.

Sie sieht mich fragend an.

»Das ist ein *guter Anfang.*«

Ich bezahle zwanzig Dollar, um dem offiziellen Melvin-Sagarsky-Fanklub beizutreten. Ich bin das 232. Mitglied. Sie schicken mir ein Willkommenspaket aus Helsinki, Finnland, bestehend aus einem Mitgliedsausweis und einem T-Shirt mit dem Bild meines Großvaters. Er starrt in die Kamera, einen Melvin-haften Ausdruck im Gesicht.

Ich vermisse ihn.

Und dann treffen in regelmäßigen Abständen Pantoffeln ein. Häschen-Pantoffeln. Flauschige pinke Pantoffeln. Dick gefütterte Hüttenpantoffeln. Pantoffeln mit Leopardenmuster. Plüschpantoffeln im gestreiften Zebralook.

Das letzte Päckchen enthält Pantoffeln, die wie Alligatoren aussehen, und eine Postkarte aus St. Augustine, Florida. Auf der Vorderseite ist das Foto eines Torbogens zu sehen, auf dem *Jungbrunnen* steht. Auf der Rückseite hat mein Großvater seine E-Mail-Adresse und folgende Zeilen notiert:

HA!

P.S.: Mein Fanklub hat mich eingeladen, zu ihrer jährlichen Konferenz nach Helsinki zu kommen!

Ich schicke ihm ein Carepaket mit Haargummis und einem weiteren Buch des Autors von *Der Fänger im Roggen*. Es heißt *Franny und Zooey*.

Als Nicole in die Küche spaziert kommt, sitze ich an einem neuen Puzzle zum Thema Ägypten. Das Bild zeigt Pyramiden und König Tutanchamuns Sarkophag. Raj hat es mir geschenkt.

»Deine Mom hat angerufen«, sagt Nicole. »Sie und Ben kommen etwas später. Sie meinte, wir könnten Pizza bestellen.«

Meine Mutter und Ben treffen sich mit einem Immobilienmakler, da sie auf der Suche nach einem neuen Haus sind. Etwas größer, mit einer Toilette, die nicht ständig verstopft, und einem Garten, damit ich einen Hund bekommen kann.

Wir bestellen Pizza, und fünf Minuten später klingelt es an der Tür.

»Das war schnell«, sage ich.

Als ich öffne, steht kein Pizzalieferant vor der Tür, sondern ein Kurierfahrzeug fährt vom Randstein weg.

»Sieht aus, als hättest du ein Paket bekommen«, sagt Nicole.

Ein Karton steht auf der Treppe. Auf dem Aufkleber heißt es: *Vorsicht, Trockeneis.*

»Was ist das?«, fragt sie.

Ich schaue auf den Adressaufkleber. Es ist für meinen Großvater und kommt von den Philippinen. Ein Briefumschlag ist an den Karton geheftet, und ich öffne ihn. Im Innern liegt ein handgeschriebener Zettel, und als ich ihn lese, stockt mir der Atem. Dort steht:

Lieber Dr. Sagarsky!
Ich habe eine Qualle gefunden, die sogar noch sonderbarer als die letzte ist. Dachte, Sie hätten vielleicht Interesse.

– Billy

~~Das Ende~~ Der Anfang

Anmerkung der Autorin

Die Wissenschaft hat mich schon immer beeindruckt. Wie bei Ellie wurde mein Interesse von jemandem aus meinem engen Umfeld entfacht: meinem Vater.

Mein Vater, Dr. med. William Wendell Holm, war in zwei Kriege verstrickt, in denen Wissenschaft eine bedeutende Rolle spielte: der Zweite Weltkrieg und der Krieg gegen Polio. Während des Zweiten Weltkriegs diente er in der Navy, später wurde er Kinderarzt und impfte Kinder gegen Polio. In meiner Kindheit bewahrte er Petrischalen mit Blutagar in unserem Kühlschrank auf, um Bakterienkulturen zu züchten. Meist befanden sie sich auf demselben Regal wie der Hüttenkäse.

Bei allen Wissenschaftlern, die in diesem Buch genannt wurden, handelt es sich um reale Menschen. Die Entdeckungen von Galileo Galilei, Isaac Newton, Louis Pasteur, Marie Curie, Robert Oppenheimer und

Jonas Salk veränderten die Welt so grundsätzlich, dass man es noch heute spürt.

Auch du kannst Wissenschaftler oder Wissenschaftlerin werden. Beobachte die Welt um dich herum. Stelle Fragen. Sprich mit deinen Lehrern. Gib niemals auf.

Lass dich von den Wissenschaftlern beeindrucken, die vor dir lebten, und verlier dein Herz an ihre Entdeckungen.

Und vor allem, glaub immer an das Mögliche.

Danksagung

Mein Dank geht an Robert J. Malone, Generaldirektor der History of Science Society.

LEG DICH NICHT MIT EINEM ROBOTER AN!

Frank Einstein träumt nicht nur davon, einmal Erfinder zu werden, er ist es schon! Er und sein Freund Watson basteln in der Garage Geräte, die die Welt noch nicht gesehen hat. Als in einer stürmischen Nacht der Blitz in ihre Werkstatt einschlägt, hat das ungeahnte Folgen: Die beiden Roboter Klink und Klank erwachen zum Leben und weichen Frank nicht mehr von der Seite. Während er noch zweifelt, ob der überdrehte Klank und der alberne Klink die richtigen Assistenten für seine Versuche sind, werden die beiden von Franks Erzfeind T. Edison entführt. Dass der nur Böses im Sinn haben kann, ist Frank sofort klar. Mit seinen ruhigen Tagen als Erfinder ist es vorbei ...

John Scieszka
Frank Einstein –
Die Entführung der Roboter
ISBN 978-3-453-26978-1

heyne›fliegt

heyne-fliegt.de